KB016551

마음의 발견

마음의 발견

초판 1쇄 발행 2017년 04월 25일

글쓴이 신정일
사 진 신나라

펴낸이 김왕기
편집부 원선화, 이민형, 김한솔
마케팅 임동건
디자인 푸른영토 디자인실

펴낸곳 **(주)푸른영토**
주소 경기도 고양시 일산동구 장항동 865 코오롱레이크폴리스1차 A동 908호
전화 (대표)031-925-2327, 070-7477-0386~9
팩스 031-925-2328
등록번호 제2005-24호(2005년 4월 15일)
전자우편 designkwk@me.com

ISBN 978-89-97348-68-8 03810

마음의 발견

신정일

푸른영토

프롤로그

마음이
장난을
친다

그대에겐 마음의 문을 열어 둘 수 있는 사람이 얼마나 되는가?
살아갈수록 가장 힘든 것이 사람의 마음을 아는 일이고, 그 사람들과의 관계를 설정하고 이해하면서 더불어 살아가는 일이다.
어떤 특정한 단체에서도 그렇고, 개개인이 만나고 사는 그 몇 사람 구성원 사이에서도 또는 가족관계에서도 적용되는 일이다.
그러나 한 번 닫아버린 마음을 연다는 것은 정말 쉬운 일이 아니다. 그것도 오랜 동안 몸과 마음을 다해 사랑이나 우정을 나누었던 관계에선 더 말할 나위가 없다.
그나마 마음이 트인 사람이거나 이도 저도 아닌 사람, 이렇게 변해도 저렇게 변해도 제 몸만 성하면 되는 직업을 가진 사람들은 마음 한 번 바꾸면 되는데, 나같이 융통성 없고 고집이 세다는 말을 듣는 사람들은 그게 쉽지 않다.

사람을 견딘다는 것, 마음의 문을 열어 둔다는 것, 그것은 대범한 일이다. 우리는 고결한 마음으로 후대할 줄 아는 마음을 알고 있으며, 창문의 커튼을 치고 덧문을 닫아버린 마음을 알고 있다. 그들은 가장 좋은 방들을 비워두고 있는 것이다. 왜 그러는 것일까? 그들은 '견딜' 필요가 없는 사람들을 기다리고 있기 때문이다.

—니체「우상의 황혼」중에서

육당 최남선崔南善과 만해 한용운韓龍雲이 파고다 공원에서 마주쳤다. "만해 오랜만이올시다" 최남선이 한용운에게 반갑게 인사를 나누자 만해 한용운은 "당신은 누구시오" 하고 쌀쌀맞게 되물었다. "나 육당입니다" "육당이 누구시던가?" "육당 최남선이요. 그새 잊으셨습니까?" 그러자 한용운은 "내가 아는 육당은 벌써 죽어서 장송해 버렸소."

만해에게 변절變節한 육당은 이미 살아 있는 사람이 아니라서 '마음의 문'을 닫아버렸던 것이다.

나에게도 오래 전에 그런 비슷한 일이 있었다. 내가 아는 아무개가 계속 내 험담만 하고 다닌다는 말을 여러 차례 듣고서 전화를 했다.

"아무개지" "예" "나 신정일인데 부탁이 있네, 앞으로는 절대로 어떤 사람에게든 나를 안다고도 하지 말고, 나를 알았다고도 생각하지 말고, 신정일이라는 이름을 아예 기억하지 않았으면 좋겠네"하고 전화를 끊었다.

그 후로는 그가 내 험담을 한다는 소식을 못 들었는데, 한 2년쯤 지났을까, 들려오는 얘기는 그가 다른 사람들에게 나를 칭찬하고 다닌다는 것이었다.
그에게 한 말을 또 다른 사람에게 똑같이 한 적이 있고, '할 말은 많은데, 그만 만나지' 하고 그만 만난 사람이 있다. 만나지 말자고 말한 뒤 절교한 사람이 세 사람이다. 앞으로 내가 몇 사람에게 그와 같은 말을 하게 될지, 아니면 만해처럼 모질게 이미 기억 속에서 죽은 사람이나 마찬가지라고 말할 수 있을지, 이 세상에서 느끼는 그 미움이나 증오라는 것에서 홀가분하게 벗어나는 날이 있을지 알 수 없는 일이다.
하지만 지금 내겐 '견딜 필요가 없는 사람'이 아닌 '마음의 문을 열어두고 언제까지나 기다리고 싶은 사람' 그런 사람들이 확실하지는 않지만 여럿이 있다는 것이다.
생각만 해도 마음이 훈훈해지는 사람, 몇 명만 있다는 것은 얼마나 다행한 일인가.

『톰 소여의 모험』의 작가 마크 트웨인은 「뉴잉글랜드의 기후」에서 '봄날씨가 하루에 몇 번이나 변하는가 세어 보았더니 136번이나 되었다'라는 글을 남겼다. 그렇다면 변덕스럽기 짝이 없는 사람의 마음은 하루에 얼마나 변하는가?
2003년 가을, 운이 좋게도 북한으로 해서 백두산을 가는 기행 길에 올랐다. 인천공항에서 고려항공을 타자 50분 만에 평양의 순안공항에 도착했고 순안공항에서 50분 만에 백두산 자락의 삼지연 공항에 도착, 백두산 가는 길에 접어들었다.
어쩌면 천지를 볼 수 있지 않을까? 하는 실낱같은 희망을 안고 올라간 천지의 바람은 매섭고 천지라는 표지석만 보일 뿐 그 푸른 천지의 위용을 보여주지 않았다.

실망한 채 눈보라 속 천지를 바라보는 나에게 안내원은 말했다.
"백두산 천지는 하루에도 열두 번씩이나 변덕을 부립네다. 천지는 변덕스러운 조선 처녀 마음을 닮아 알 수가 없습네다."
나는 그날에야 조선 처녀들이 하루에도 열두 번씩 변덕을 부린다는 것을 알았다. 하지만 어디 열두 번씩만 변덕을 부리겠는가. 하루에 오만 번도 더 변하는 것이 사람의 마음이다.

물처럼 흐르는 마음을 멈출 수도 없지만 바꿀 수는 있다.
경남 사천시의 삼천포가 그렇다. '삼천포로 빠지다'라는 말 때문에 어떤 사람들은 그 '빠진다'는 말을 부정적으로 생각한다. 하지만 요즘처럼 사람들이 많이 오기를 갈망하는 시대에는 그 말이 오히려 그 지역을 알릴 수 있는 '행복한 말'일 수 있다.
'삼천포에 빠지다'는 말로 바꾸어서 '삼천포의 사람에 빠지다. 삼천포의 경치에 빠지다. 삼천포의 멋에 빠지다. 삼천포의 인심에 빠지다. 삼천포의 바다에 빠지다'라는 말로 바꾸는 것이다. 얼마나 좋으면 그렇게 빠지겠는가?
'님'이라는 글자에다 획 하나를 더하면 '남'이 되듯 마음을 '에'에서 '로'로 단어 하나를 바꾸면서 그 의미가 180도로 달라지는 것이다.

하루가 짧은가? 긴가? 물으면 저마다 답이 다르다. 그리고 누구의 답이나 다 맞고도 틀린다.

양염楊炎이 조주趙州에게 물었다.
"하나의 물건도 집어들 수 없을 때는 어떻게 해야 합니까?"

"내려놓아라."

조주의 내답에 양엄은 다시 물었다.

"아무 것도 집어들 수 없는데 어떻게 내려놓을 수 있습니까?"

조주가 대답했다.

"그럼 가져가거라."

—원오극근圓悟克勤

세상을 살다가 보니, 내려놓을 것도 그렇다고 집어들 것도 별로 없다. 바꿔 말한다면 움켜쥘 것도 새어나갈 것도 없는 것이 인생이다. 그런데 세상이라는 큰 마당에서는 매일 무언가를 놓고 온통 죽고 죽이는 큰 싸움판이 벌어지고 있다.

'무엇을 내려놓고 무엇을 짊어지고 간단 말인가?' 하면 분명한 답이 없는 것이 삶이다.

> 네가 그것을 고루 펴겠다고 하면 고루 펴도록 해주리라.
> 네가 그것을 부숴버리겠다 하면 부숴버리도록 해주리라.
>
> —원오

중요한 것은 사실 하나도 없다. 있다면 다음의 것뿐이리라.

> 인생의 고통은 우리의 마음이 시시각각 변하기 때문에 생긴다.
>
> —마르셀 프로스트

촌각을 다투면서 변하는 마음, 그 마음이 하늘의 마음이기도 하고 땅의 마음이기도 하다. 그 마음을 다잡고 산다는 것이 얼마나 어려운 일인지 그대에게 묻는다. 그대의 마음은 하루에 얼마나 여러 번 변하고, 그대에겐 마음의 문을 열어 둘 수 있는 사람이 얼마나 되는가?

2017년 4월

온전한 땅 전주에서 신정일

차례

마음의 발견

누구와
만나며
사느냐

세상에 살면서 가장 좋은 일은 무엇인가?
헤어져 며칠만 지나도 그리운 사람, 눈빛만 보아도 통하는 몇 사람을 만나 서로의 정情을 나누고 사는 것이다.

퇴계의 제자 이덕홍이 어느 날 물었다. "공자의 말에 '자기보다 못한 사람을 친구로 삼지 말라' 하였으니, 그렇다면 자기보다 못한 사람과는 일체 사귀지 않아야 하겠습니까?" 이 말을 들은 퇴계는 "보통 사람의 정情은 자기보다 못한 사람과 벗하기를 좋아하고 나은 사람과는 벗하기를 좋아하지 않기 때문에, 공자는 이런 사람을 위해서 한 말이요, 일체 벗하지 않는다는 것을 뜻한 말은 아니다. 만일 한결같이 착한 사람만 가려서 벗하고자 한다면 이 노한 편벽된 일이다" 하였다. 이덕홍이 다시 묻기를 "그렇다면 악한 사람과도 더불어 사귀다가 휩쓸려 그 속에 빠져들게 되면 어찌하겠습니까?" 하자 "착하면 따르고 악하면 고칠 것이니, 착함과 악함이 모두 다 내 스승이다. 만일 악에 휩쓸려 빠져들기만 한다면, 학문은 무엇 때문에 한다는 말이냐" 하였다.

—『퇴계집退溪集』「언행록言行錄」 중에서

퇴계는 중용적 입장에서 그처럼 말했지만, 괴테는 그의 제자 에커만과의 대화에서 다른 견해를 피력했다.

"최고를 보면 절로 사물을 보는 눈이 생긴다. 중급 정도의 것을 아무리 보아도 사물을 보는 눈은 달라지지 않는다."

그리고 에커만에게 다시 충고한다.

"어차피 정열을 쏟을 바에는 최고를 향해 최선을 쏟아부어라."

하지만 좋은 사람, 능력 있는 사람을 만나고 인연을 맺는다는 것이 뜻대로 될 일은 아닐 것이다.

사람의 마음을 안다는 것

사람의 마음속을 안다는 것이 어디 쉬운 일인가. 그렇게 생각하면서도
상대의 마음속을 알려고 하는 것이 사람의 마음이다.
어떻게 하면 사람의 마음속을 알 수 있는가.

사람을 관찰하는 데는 눈동자만큼 정확한 것은 없다.
눈동자는 마음속의 사악邪惡함을 숨기지 못한다.
마음이 올바르면 눈동자는 맑고 마음이 비뚤어져 있으면
눈동자는 탁해 보인다.
상대가 말하는 것을 들음과 동시에

눈동자를 보면 상대의 정체를 바로 알 수 있다.

숨기려고 해도 숨길 수가 없는 것이다.

—맹자

세상이 복잡해지면서 눈동자로도, 목소리로도 사람의 본성을 파악할 수가 없다. 본래의 모습을 그대로 지니고 있던 옛날과 달리 성형이네 뭐네 해서 본래의 모습이 바뀐 사람도 많을뿐더러 사람을 판단할 기준도 애매해져 버렸기 때문이다.

아무리 오래 살아도 알 수 없고 눈동자나 목소리로도 제대로 분별할 수 없는 것이 있으니 사람의 마음이다. 그래서 북종北宗의 창시자인 신수神秀는 다음과 같은 계를 남겼는지도 모르겠다.

몸이 보리수라면

마음은 맑은 거울

때때로 부지런히 거울을 닦아

먼지가 끼지 않게 하라.

살아갈수록 어려운 것이

사람의 마음을 아는 일이다.

—신수

아무것도
바라지 않는
사랑

어떤 사람이 성현聖賢에게 물었다.

"학문學文이란 무엇입니까?"

성현이 대답했다.

"사람을 아는 것이다."

그는 다시 성현에게 물었다.

"선행善行이란 무엇입니까?"

성현이 대답했다.

"사람을 사랑하는 것이다."

세상에 다른 무엇보다 사람을 아는 것이 어렵다. 하물며 사람을 사랑하는 것은 얼마나 더 어려운 일인가?
사람을 만나면서 우정도 싹트고 사랑도 싹트고 그리고 미움도 싹튼다. 사랑도 바로 마음에서부터 시작된다. 마음에서 싹튼 그 사랑을 두고 어느 시인은 '사랑은 생명의 꽃이다'라고 했고, 헤르만 헤세는 '바라는 것이 없는 사랑, 이것이 우리 영혼의 가장 순수하고 가장 바람직한 경지다'라고 했다. 그렇다면 미움은 우리 영혼에 무엇을 가져다줄 수 있을까?
어렵고도 험난한 인생의 노정에서 수많은 사람을 만난다. 그들을 사랑하고 미워하기도 하지만, 그들과 더불어 살아가는 삶 자체가 더할 수 없는 기쁨이며 슬픔인 것을 나이 들어가며 조금씩 깨닫는다.

나이가 사십이 되어서도 남의 미움을 받는다면 그야말로 끝장이다. (年四十而見惡焉 其終也已)

—『논어』 중에서

사람의 나이 사십이면 인생의 단맛과 쓴맛을 어지간히 본 나이다. 귀신도 볼 수 있는 나이라는데 그때까지도 처신을 잘못해 미움을 받는다면 그 삶은 실패적이라고 볼 수 있지 않을까?

마술은 내 마음에 있다. 내 마음이 지옥을 천국으로 만들고, 천국을 지옥으로 만들 수 있다. 그러므로 자연의 비밀을 풀어 인류의 행복에 기여하라.

—에디슨

마음이 머무는 곳

오랜만에 서울에 올라가 이곳저곳 볼일을 보다 보니 심야버스에 몸을 싣게 되었다.
“지금부터 이 차는 두 시간 사십 분을 달려서 전주에 도착할 예정입니다. 도착 예정 시간은 0시 20분입니다.”
이미 예정된 시간, 내가 할 일은 마음을 내려놓고 잠을 청하거나, 아니면 TV를 보는 것이다. 그런데도 마음을 내려놓기가 쉽지 않다.
간간히 내리는 빗속을 뚫고 도착한 시간은 0시 15분이었다. 집까지 가까운 거리지만 비가 내려서 택시를 타게 되었다.
“진북동 우성 아파트에 가시죠?”

택시 기사가 “진북동 가려면 저쪽으로 돌아가서 택시를 타세요”라고 한다. 택시 기사의 말에 가시가 있음을 알고 다시 말했다.

“좌회전해서 가시면 되잖아요?”

그러자 기사가 혼잣말을 했다.

“30분을 기다렸는데, 우성아파트라니….”

그는 장거리 택시 손님을 기다리고 있었던 것이다. 그러고는 가까운 길을 버리고 돌고 돌아서 우성아파트로 향했다. 그냥 두기가 뭐해서 “가까운 거리에 사는 사람은 손님도 아닙니까?”라고 따지듯 물었다.

“그러니까요, 괜히 서운해서 성질을 부렸네요.”

도량 넓은 사람이 되리라던 다짐은 금세 날아가고 무거운 마음으로 엘리베이터에 몸을 실었다. 내려놓았던 마음의 빈자리에 다시금 채워지는 세상의 일들, 도대체 마음이란 무엇일까?

“남양南陽의 용흥사라는 곳에서 신회神會가 일반 신자들에게 법회를 열었다. 그때 제자가 신회에게 물었다.

“스승님이 말씀하시는 마음은 시비是非가 있습니까?”

“없다.”

“마음은 머무는 곳이 있습니까?”

“마음은 머무는 곳이 없다.”

“스승님은 마음 머무는 곳이 없다고 말씀하십니다만, 마음은 마음이 머무는 곳이 없다는 것을 알고 있습니까?”

“알고 있다. 그대는 그것을 이해하는가, 어떤가?”

“이해합니다. 지금 저는 생각하고 있습니다만, 마음은 어디에도 머무는 곳이 없는 것이라면, 그것을 아는 것은 어떠한 것입니까?”

"어디에도 머물지 않는 것은 마음의 가라앉음이며, 가라앉은 마음의 본체를 마음의 편안함[定]이라고 부른다. 가라앉은 마음의 본체에는 저절로 앎이 있어서, 자기의 마음 본체의 가라앉음을 잘 알고 있다. 이것을 깨달음[覺]이라고 부른다. 편안함과 깨달음은 완전히 하나인 것이다. 경전에 '가라앉은 마음이 관조의 작용을 일으킨다'라는 것은 바로 이것이다. 어디에도 머물지 않는 마음은 지혜를 떠나지 않으며 지혜는 어디에도 머물지 않는 마음과 다른 것이 아니다."

『열반경』에는 다음과 같은 글이 실려 있다.

> 마음이 지나치게 가라앉아 지혜가 없다면 무명無明을 증가시키며, 지혜가 지나치게 많이 가라앉음이 없다면 사악한 생각을 일으킨다. 가라앉음과 깨달음이 평등할 때, 분명히 불성을 볼 수가 있다. 이것에 의거해서 생각해본다면, 어디에도 머물지 않는 마음이 지혜를 일으키는 것이며, 마음이 텅 비었다는 것을 아는 것은 요컨대 그 작용이다.
> —『열반경』 중에서

마음을 비우고 마음을 채움이란 것이 설명조차 할 수 없이 요상하다. 컴퓨터 자판을 두드리는 손가락마저도 무겁게 느껴지는 것은 마음이 너무 무겁기 때문인가보다.

마음의 주인

마음을 거울에 비유하지만 거울은 비기는 하였으나 활물活物이 아니며, 마음을 물에 비유하지만 물은 활물이기는 하나 깨닫지 못하며, 마음을 원숭이에 비유하지만 원숭이는 깨닫기는 하나 신령하지 못하다. 그렇다면 마음은 끝내 어디에도 비유할 수 없는가?
먼 곳은 거울에 비유하고, 깨닫는 곳은 원숭이에 비유하고, 여기에다가 신령을 더하면 된다. 그러므로 사람으로서 마음에 비유함도 가하다. 사람이 방 안에 있는 것이 마치 마음이 몸 안에 있는 것과 같다.
행동과 언어에 주장이 존재해 있는 까닭에 군君이라 말하는 것이니 '천군天君이 태연하여 온몸이 명령을 따른다'는 것이 바로 그것이다. 거울은 본래 밝지만 먼지가 앉으면 어두워지고 어두움을 제거해야 본래로 돌아가게 된다.

| 보배 거울이 당년當年에 담을 비쳐 서늘하더니,
근래에 매몰함이 너무 까닭 없구료.
이제 때를 없애고 온전히 보이도록 밝히니.
도로 당년의 보배 거울 보게 되었네.
—주자

물은 본래 맑지만 진흙이 혼동되면 흐려진다. 그 흐림을 제거하면 본래로 돌아가기 때문이다. 주자는 시에서 다음과 같이 말한다.

| 반半 묘만 한 모난 못 거울처럼 열렸으니
하늘 빛 구름 그림자 함께 배회하누나.
저에게 어떻게 이처럼 맑게 됐느냐 물었더니
원두原頭에서 활수活水가 오기 때문이라네.
—주자

사람이 생지生知가 아니면 처음과 끝의 차례가 있는 것인데 여기 인하여 보감寶鑑이란 뜻에 붙여서 별도로 한 구절을 지었다.

| 모난 못의 활수는 스스로 원원하나
바람 불고 물결치면 혼탁하기 쉽구료.
고요할 때 진재를 가라앉힐 수 있다면

원초原初의 광경이 비로소 존재하리라.

—이익『성호사설星湖僿說』「경사문經史門」중에서

'마음의 주인이 되어라.'

가능한 일일까?

하루에도 오만 번씩 변하는 마음의 주인이 되는 것은 불가능하다. 단지 마음의 중심에 서서 제멋대로 흔들리는 마음을 조금이라도 통제하고 살아가는 것이 인간이 할 수 있는 최선이다.

'자신의 마음을 알려고 노력한다.'

그것 역시 쉬운 일이 아니다. 사람의 마음 자체가 끊임없이 흔들리는 파도와 같기 때문이다. 하물며 다른 사람의 마음을 알 수 있겠는가.

현명한 자는 자기 마음의 주인이 되고 미련한 자는 그 노예가 될 것이다.

—푸블리우스 시루스『금언집金言集』중에서

제아무리 심령술이나 관상학에 정통하였다고 해도 하루에 수만 번씩 변하는 사람의 마음을 안다는 것은 불가능하다. 중요한 것은 아래 글처럼 마음이 나의 주인이 되게 하는 것이다.

"그저 그 순간, 마음이 편하면 그뿐, 다음 순간은 생각하지 말기."

지금
내마음에
필요한
글자

내 소싯적에 성질이 급하여 고치려 해도 쉽게 고치지 못하였으나, 어느 날 아침에 깨닫자 어렵지 않았소이다.
마음이 노怒하였을 때는 참을 인忍자를 생각하면 노했던 마음이 자연히 없어지기에 이때부터 아홉 가지 글자를 써서 늘 보고 외우고 있소, 그릇된 생각이 들 때 문득 '바를 정正'자를 생각하면 사벽邪辟하기에 이르지 않고, 거만한 마음이 일 때 '공경할 경敬'자를 생각하면 거만함에 이르지 않고, 나태한 마음이 날 때 '부지런할 근勤'자를 생각하면 나태해지지 않으며, 사치스런 마음이 날 때 '검소할 검儉'자를 생각하면 사치함에 이르지 않으며, 속이고 싶은 마음이 들 때 '정성 성誠'자를 생각하면 속이기에 이르지 않고, 이익을 구하는 마음이 날 때 '옳을 의義'자를 생각하면 이욕利慾에 이르지 않으며, 말할 때에는 '잠잠할 묵黙'자를 생각하면 말의 실수에 이르지 않고, 희롱할 때에는 '영걸 웅雄'자를 생각하면 가벼움에 이르지 않고, 분노할 때에는 '참을 인忍'자를 생각하면 급하게 죄를 짓지 않게 되오.

—박두세『요로원야화기要路院夜話記』중에서

과거에 떨어진 선비가 귀향길에 소사를 지나 요로원에 이르러 하룻밤 묵고 가려 했으나 먼저 와 차지한 양반이 있었다. 그 양반이 초라한 행색을 한 선비를 쫓아내려 했으나 선비가 기지와 해학으로 이겨 내고 하룻밤을 같이 지냈다. 서로 뜻이 통한 그들이 밤을 새워가면서 해학을 곁들인 문답을 주고받은 내용이다.

원래의 품성도 있지만 매 순간 일어나는 수만 가지 생각이 있다. 그 속에 오만과 방종이 도사리고 있다. 마음속에서 일어나는 여러 가지 감정을 스스로 조절하면서 정제된 삶을 사는 것이 쉽지 않다.
그때마다 그 감정을 부드럽게 때로는 엄혹하게 다스린다고 여기지만 팔은 안으로 굽는 법이라서 저마다 입장이 다르므로 마음이 평온하지 않다. 그렇다면 과연 평온한 마음 상태는 가능할까?

마음의 평온은 무엇에 의해 이루어지는가? 사랑한다는 것에 의하는가? 이보다 불확실한 것은 없다. 사람들은 사랑의 괴로움이 어떤 것인가는 알 수 있겠지만 사랑이란 어떤 것인가를 알 수는 없다. 그것은 상실喪失이며 회한悔恨이며 허무인 것이다. 나에게는 마음의 고통이 없을 것이다. 나에게는 고뇌만이 남을 것이다. 그것은 모든 것이 낙원을 가상하는 지옥이다. 그렇지만 여전히 그것은 지옥인 것이다. 나는 나를 공허하게 만드는 것에 인생 그리고 사랑이라 부르자. 출발, 속박, 파탄. 나의 안에 뿌려져 있는 광명 잃은 이 마음, 눈물이나 사랑의 그 쓴맛.

—카뮈

마음에서 정한 척도가 바른지, 그른지조차 불확실한데 무엇으로 판단하며 세상을 살아가는가?

그래서 세상을 혼돈混沌이라고 표현하는지도 모르겠다.

지금, 나에게 가장 필요한 글자는 무엇일까.

당신의 마음속에 꽃

밖을 나서는 순간, 여기저기 흐드러진 꽃들을 만난다. 그 꽃들은 누가 보살피지 않아도 저절로 피고 진다. 흐드러지게 핀 꽃들을 꺾어 병에 꽂아 어울리는 곳에 놓아두곤 하는데 그 방법을 논한 사람이 조선의 문장가인 허균이다.

병에 꽃을 꽂아 놓는 데는 각각 알맞은 곳이 있다. 매화는 한겨울에도 굴하지 않으니 그 매화꽃을 몇 바퀴 돌면 시상詩想이 떠오르고, 살구꽃[杏花]은 봄에 아리땁게 피니 화장대化粧臺에 가장 알맞고, 배꽃에 비가 내리면 봄 처녀의 간장이 녹고, 연꽃이 바람을 만나면 붉은 꽃잎이 벌어지고, 해당화海棠花와 도화桃花, 이화梨花는 화려한 연석宴席에서 아리따움을 다투고, 목단牧丹과 작약芍藥은 가무歌舞하는 자리에 어울리고, 꽃다운 계수나무 한 가지는 웃음을 짓기에 충분하고, 그윽한 난초 한 묶음은 이별하는 사람에게 줄 만하다. 비슷한 것을 이끌어 실정實定에 전용轉用하면 맞는 취향趣向이 많다.

—허균『성소부부고惺所覆瓿藁』중에서

꽃에게도 어울리는 저마다의 역할이 있듯이 사람도 저마다 다른 역할을 부여받고 태어났을 것이다.

바라볼 때마다 기쁨이 느껴지는 사람이 있다. 바라볼 때마다 아스라한 슬픔이 전해지는 사람이 있다. 저마다 다른 빛깔과 다른 향기를 지니고 태어나 살다가 죽는 우리들이다.

그토록 아름답게 피어난 꽃은 금세 시들고 만다는데, 지금 마음속에는 어떤 꽃들이 피어 있는 것일까.

마음으로
느끼는
산수

단순히 어디에서 어디를 가는 것이 여행이 아니다. 가는 도중에 만나는 경치와 사람 그리고 그때그때 마음의 상태에 따라 여행의 품격이 결정된다. 그중에서도 아름다운 경치는 중요한 비중을 차지한다. 그 아름다운 경치를 보는 방법이 다음과 같이 있다.

한 모퉁이를 돌면 다시 한 모퉁이가 있고, 한 굽이를 지나면 또 한 굽이가 나온다. 곳곳마다 앉아서 쳐다보고 굽어보며 풍경을 아끼는 것이다. 김 영감은 나더러 시를 지으라고 했다.
"대개 산수를 구경함에 있어서 눈으로 좋아하는 자도 있으며, 마음으로 즐기는 자도 있으며, 정서로 느끼는 자도 있는데, 눈으로 좋아하는 것이 마음으로 좋아하는 것만 못하고 마음으로 즐기는 것이 정서로 느끼는 것만 못합니다. 내 지금 나의 정서를 표현할 말마저 잊었거니 하물며 시를 지을 수 있겠습니까?"
내가 이렇게 대답하였더니 김 영감은, "그대의 이 산 유람이야말로 비로소 참된 경지에 들어갔음을 알리로다" 하기에 "나는 산수를 알았지만 김 영감은 나를 알았으니 어찌 서로 즐겁지 않겠습니까?" 하고 웃었다.
—박종 『칠보산 유람기』 중에서

마음으로 즐긴다. 이 얼마나 감칠맛 나는 표현인가. 이와 같은 표현은 다른 곳에도 있다.

대체로 자기에게 눈뜬다는 것은 마음의 주체가 모든 분별의 의식을 떠나 있는 '심체이념心體離念'을 말하는 것이며, 모든 차별의 의식을 떠난 마음의 상태는 마치 허공의 넓음과 같이, 두루 미치지 않음이 없으며, 모든 존재는 모두 평등하다. 그것이 여래가 깨우친 평등법신이며, 이 법신에 근거해서 모든 사람의 본래적인 눈뜸[本覺]이 증장增長이 되는 것이다.
—혜능 『기신론』 중에서

봄 산천엔 진달래꽃이 지천이다. 진달래꽃이 지고 나면 산벚꽃이 피어날 것이고 산벚꽃이 지고 나면 또 다른 꽃들이 질서도 정연하게 자리를 바꾸며 피고 질 것이다. 스스로 봄이 되고 자연이 되는 경이를 맛보며, 산수의 진면목을 몸과 마음 안에 가득 담을 수 있다면 얼마나 좋을까.

질투란
무엇인가

나하고 아무런 상관도 없고 본 적도 없는 사람들이 나를 두고 험담을 하거나 칭찬을 한다.

'모든 사람에게 칭찬을 듣는 사람은 오히려 문제가 있다'는 옛사람들의 말을 익히 알면서도 일종의 험담인지 질투인지 모를 남의 말에 이렇게 저렇게 마음이 흔들린다.

미인은 남에게 양보하기를 매우 싫어하기 때문에 비록 약간 누그러질 수는 있다고 할지라도 질투를 완전히 치료하기는 어렵다. 심한 경우에는 바람과 그림자에도 화를 내고 궁사弓蛇에도 질투를 일으켜 죽기를 아까워하지 아니하고 죽으려 한다.

—정약용『흠흠 신서欽欽新書』중에서

'여자들은 자기 그림자에도 질투를 한다'는 말이 있지만 묘한 것은 질투라는 감정이 여자만의 전유물도 아니고 남녀노소 누구에게나 있으며 예나 지금이나 시도 때도 없이 일어난다.

| 질투는 항상 다른 사람과 비교할 때 발생하며 비교가 없다면 질투는 존재하지 않는다.

—베이컨

사람들은 어떠한 때에 질투를 느낄까?

| 자기도 그렇게 할 수 있다고 생각하는 한계까지는 다른 사람의 행운을 좋게 받아들이지만, 그 한계를 넘으면 사람들은 질투를 하고 의혹의 눈길을 보낸다.

—페리클레스

자기의 능력이나 여건으로 가능한 데까지는 인정하지만 아무리 해도 다가설 수 없다고 느낄 때 생기는 감정이 질투라는 것이다.

| 재능과 의지가 결핍되어 있는 곳에서 가장 많은 질투가 발생한다.

—힐티

누구나 자기와 같은 수준의 사람보다는 앞서가기를 원한다
—리비우스

맞는 말들이다.
알 만한 사람들이나 절대 그럴 것 같지 않은 사람들도 질투의 대열에 합류한다.

경쟁심과 질투는 같은 기술, 같은 재능, 같은 사람들 사이에서만 존재한다.
—라브뤼에르

질투도 하나의 세상 풍경이거니 하고 받아들이는 것도 하나의 방법일지 모르겠다.

깊은 슬픔을 지닌 인간은 행복한 기분일 때 자신의 정체를 폭로한다. 그것은 질투 때문에 행복을 교살하고 질식시키고 싶어 하는 사람처럼 행복을 부둥켜안는 버릇이 있다. 아아, 그들은 너무나 잘 알고 있다. 머지않아 그것이 도망치리라는 것을.
—니체 『선악을 넘어서』 중에서

언제쯤 극단적 감정에서 벗어날 수 있을까. 벗어나면 행복할까. 아니면 불행할까? 모르고 또 모르는 게 사람의 마음속 풍경이다.

그리움
때문에
산다

제 천성이 편벽되어 궁해도 구걸하지 아니하며, 주어도 받지 아니하며, 받는다 해도 몸을 움츠리며 무릎걸음을 하지 아니하며, 사례하여도 분열奔熱하지 아니하며, 시를 짓는 것에 빠지지 아니하니 본래부터 그것이 버릇임을 알고 있습니다. 그러나 습관이 천성과 함께 이루어져 고칠 수가 없습니다. 오직 마음 알아주는 이를 만나 한 번 머리를 끄덕이고 한 번 말을 건네고 한 번 작은 돈을 주게 되면, 기쁨이 일백 친구를 얻은 것 같습니다.

—김시습 『매월당』 「유자한柳自漢에게 드리는 글」 중에서

사람은 천성대로 산다는 말이 있다. 아무리 세상이 바뀌어도 천성은 버리지 못하는 것이라서 가난하면 가난한 대로 불편하면 불편한 대로 살기는 쉬워도 그 버릇을 바꿀 수는 없다.
매월당 김시습이야말로 스스로의 모습대로 살다 간 사람이다. 누가 뭐래도 자기 방식대로 사는 것 그것이 그토록 어려운 것은 마음이 자유롭지 못하기 때문이다.

"어떠한 것이 부처입니까?"
"부처라는 것은 마음이 깨끗하게 아주 맑거니, 하는 의식을 떠나 몸과 마음의 대립을 일으키지 않으며 항상 진여를 지키는 것이다."
"어떠한 것이 진여입니까?"
"마음이 분별의 의식을 일으키지 않으면, 그 마음이 진여이며, 대상이 분별되지 않으면, 그 대상이 진여인 것이다. 마음이 진여이면, 마음이 해방되고, 대상이 진여이면, 대상이 해방된다. 마음과 대상이 모두 분별을 떠난다면, 더 이상 실체적인 것은 아무것도 없는(無一物) 것이며, 그것이 바로 깨달음의 큰 나무인 것이다."
—신수 『대승무생방편문大乘無生方便門』 중에서

마음을 다 주어도 아깝지 않은 사람을 만나고 산다면 그것이야말로 더없는 행복이다. 문득 누군가 그리워 '그리운 사람아!' 하고 불러도 대답이 없다.
사람이 사는 것은 그리운 마음 때문이다.

사람이 성실치 못한 이유

대저 천지 사이에 가득 찬 만물은, 모두 한 가지 기氣에서 나누어지고 한 가지 이치로 관통된 것이니, 크게는 천지도 예외일 수는 없고, 작게는, 털끝만 한 것도 유루遺漏될 수 없어, 음陰으로써 볼 수 없는 귀신과 양陽으로써 한정 없는 인물과, 위로는 하늘에 뜬 해와 별, 아래로는 땅에 붙은 풀과, 나무들의 이치가, 안으로는 나의 마음에 근본하고 밖으로는 사물에 갖추어져, 어디나 있지 않은 데가 없고 언제나 그렇지 않은 때가 없는 것인데, 그 전체는 모두 나의 마음속에 있기 때문에, 내 마음의 작용이 능히 사물의 이치를 통하여 간격 없음이 물과 달보다 더한 것이다.

그러나 달이 물에 나타난 것은 그림자이지 진짜 달이 아니므로, 물이니 달이니 하는 구분이 있게 되지만, 사물에 있는 이치로 말하면, 어디나 진실 되지 않은 것이 없기 때문에, 마음이 사물에 응함에 있어서도 역시 어디나 진실 되지 않은 것이 없이 한 이치로 관통되어 위와 아래의 안과 밖과 크고 작은 것과 정밀하고 조잡한 것의 차별이 없는 것이다. 그러므로 맹자가 말하기를 "만물의 이치가 모두 나에게 갖추어져 있으니, 자신에 반성하여 성실하면 즐거움이 이보다 큰 것이 없다" 하였으니, 이른바 성誠이란 것은, 진실하게 하고 거짓이 없음을 이른 것이다.

사람이 성실치 못한 것은 이욕利慾이 가린 것이니, 마치 달이 하늘에 떴는데, 구름이 가리게 되고, 물이 땅에 흐르는데 진흙이 흐리게 함과 같은 것이다. 만일 이욕을 버리고 진실을 보존한다면, 만물의 이치가 나에게 갖추어 구비하지 않은 것이 없고, 마음의 전체가 극진하지 않은 것이 없게 된다.

—권근 『회월헌기淮月軒記』 중에서

여기저기에서 파열음이 들린다. 저마다 옳고 그른 것은 남의 탓이기 때문이다. 나만이 할 수 있고 나만이 똑똑하다고 그렇게 자신 있게 말할 수 있는 것은 이미 사사로운 이욕私慾이 마음속에 자리 잡고 있기 때문이다.

만약 나라는 존재가 네 마음에 비친 착각에 불과하다면 너라는 존재도 나의 착각이다.

—도스토옙스키 『카라마조프 가의 형제들』 중에서

모든 사람들은 유아독존唯我獨尊으로 이 우주에서 살아간다. 그래서 인간은 착각을 현실로 여긴다. 세상은 언제나 그랬고 앞으로도 그럴 것이지만 언젠가는 대동의 세상이 올 것이다라고 생각하며 돌아서면 어디선가 불어오는 미세한 바람에 막혔던 숨통이 그나마 트인다.

모두가 진심으로 사랑하고 섬기는 세상 그것은 영영 가능하지 않은 꿈일까.

당신은 누구를 만나고 사는가

육십이면 육십, 칠십이면 칠십, 한평생을 살아가면서 가장 어려운 일이 사람을 사귀는 일이다.
'사람을 잘 모르는 것'
사람을 평가한다는 것은 너무도 어렵고 가당치 않기 때문이다.

사람은 누구나 자기를 떠받드는 것을 좋아한다. 그러므로 맨 처음 사귈 때 친애하는 것은 서로가 떠받들기 때문이다.
그러나 사귄지 오래되어 각기 상대방의 과실을 알고 혹시 규잠規箴하면 크게 비위를 거슬리게 되어 사이가 멀어지게 된다. 그런 까닭에 군

자는 겸허함을 귀중히 여기고 끝까지 삼간다.

—이덕무『청장관전서靑莊館全書』중에서

살다 보니 상처를 주는 것인지 아니면 상처를 받는 것인지 몰라도 자꾸만 사이가 벌어져 다시는 관계를 회복할 수 없는 지경에 이르는 경우가 있다.

그때는 먼발치에서 바라보거나 외면한 채 무심히 내 삶을 유지시키는 이외엔엔 방법이 없다.

아무 것도 하지 않는 것, 그것이 가끔씩 '세상의 균형을 유지시켜주기도 한다'는 말도 있지 않은가.

아이들이 모래를 쌓아 성을 만들어 종일 재미있게 놀다가 해가 저무니 생각조차 하지 않는다. 헌신짝 버리듯 팽개치고 집으로 간다.

—부처

'아무것도 영원한 것 없는 이 세상에 집착할 것이 무엇인가?' 알면서도 사람들은 욕심을 내려놓지 못해 괴롭다. 세상에서 일어난 모든 일이 다 하룻밤 꿈과 같은데 말이다.

꿈을 꾸는 동안은 자기가 꿈을 꾸는 것을 알지 못한다. 어떤 자는 꿈을 꾸면서 꿈을 해석하기도 하나, 이들은 꿈에서 깨어나 비로소 꿈이라는 것을 알게 된다. 그와 같이 멀지 않아 위대한 각성이 올 때, 그때 인간은 인생이란 커다란 꿈임을 깨닫게 된다.

—『장자』중에서

꿈이라는 것을 잘 알면서도 현실에선 곧잘 잊어버리고 마는 그것이 인생이다. 사람을 만나지 않고 사는 것도 어렵지만 만나고 사는 것은 더 어려운 세상이다.

모임에는
약속이
필요 없고

사람들의 공통된 병통은 나이가 들수록 지모智謀만 깊어지는 데 있다. 대저 석화石火는 금방 꺼지고 황하수黃河水는 수백 년 만에 한 번씩 맑아지는 법이다. 그러므로 세속에서 살려 하거나 세속을 떠나려 하거나 간에 조화造化의 기미를 알고 멈춤으로써 조화와 맞서 권한을 다투려 하지 말고 조화의 권한은 조화에게 돌려주고, 아손兒孫을 위해서는 복福을 심어 아손의 복은 아손에게 물려준 뒤에 물외物外의 한가로움에 몸을 맡기고, 목전의 청정淸淨한 일에 유의할 것이다.

꽃을 찾고 달을 묻는데 두셋이 동반하고, 차茶 달이고 향 피우는데 거동이 단아하며, 모임에는 약속이 필요 없고, 의식에는 겉치레가 필요 없고, 시詩에는 기교가 필요 없고, 바둑에는 승부가 필요 없으며, 모든 일이 나날이 감소되기를 구하고, 이 마음이 하늘과 함께 노닐도록 하여 경신庚申도 기억하지 못하고, 갑자甲子도 망각해 버린다면 이 또한 진세塵世의 선경仙境이요, 진단震旦의 정토淨土이다.

—도홍경『지비록知非錄』중에서

삶이 갈수록 더 깊어지고 따뜻해져야 하는데 날이 갈수록 교묘해지고 삭막해져 간다. 옛사람의 글을 가만히 읽다 보면 그들의 생활이나 글이 하늘에 떠가는 구름 같고 그저 그것을 멍하니 바라보고만 있다. 세상의 풍속에 물들어 그들의 삶과 동떨어진 생활을 하고 있다는 증거일 것이다.

| 남들의 평가에는 전혀 신경 쓰지 말고 자신을 기쁘게 하는 것만 할 필요가 있어.

—앙드레 지드『배덕자』중에서

『배덕자』에 나오는 구절처럼 살 수도 없다. 살아남기 위해 끼니를 먹어야 하고 필요한 만큼 잠도 자야 한다. 사람들과 관계도 맺어야 한다. 최소한 이것저것 구색을 맞추다 보면 삶이 어찌 그리도 애처롭고 쓸쓸하기만 한지. 이것 또한 마음이 이리저리 흔들리기 때문일 것이다.

| 자기의 마음을 초탈한 사람은 자기의 본성을 알게 되고, 본성을 알면 하늘을 알게 된다. 자기 마음을 보존하여 본성을 기르는 것은 하늘을 섬기는 것이요, 단명하거나 장수하거나 개의치 않고, 몸을

닦아서 천명을 기다림은 천명을 온전히 하는 것이다.

—맹사

천명을 알고 본성을 알아야 하는데 이러지도 못하고 저러지도 못하는 사이에 손가락 사이로 모래알 새어 나가듯 세월만 간다.

꽃 피는
소리
들리는데

강가 온통 꽃으로 화사하니 이를 어쩌나
알릴 곳 없으니 그저 미칠 지경
서둘러 남쪽 마을로 술친구 찾아갔더니
그마저 열흘 전에 술 마시러 나가 침상만 덩그렇네.
—두보「강변길 꽃구경」

시를 읽으면 불현듯 강변에 나가고 싶지만 아직 전주천에 꽃이 피지 않았다.

어제 밤에는 꽃이 핀 위아래 마을에서 자고
이 아침 꽃이 지는 시내를 건넜지
인생은 흡사 오가는 봄과 같은 것,
피는 꽃 보고 지는 꽃을 보노라.

조선 시대의 이름이 알려지지 않은 어느 여인(신녀, 神女)의 글인 「꽃 지는 시내를 건너며(낙화도, 落花渡)」를 읽으면 다시 길 위에 서고 싶지만, 마음껏 돌아다니는 것도 쉬운 일이 아니다.
며칠 동안 산천을 다니다 돌아오면 산더미 같이 밀린 일에 파묻히게 되고 그렇게 하루를 보내노라면, 문득 흐르는 강물소리 들리고 꽃 피고 지는 소리 그 사이로 들린다.

| 사람은 천지의 마음이며 천지만물은 본디부터 나와 일체이다. 사람의 곤란과 고통 중 그 어느 것이 나 자신에게 절실한 고통이 되지 않는 것이 있는가? 자신의 고통을 알지 못하는 자는 '시비를 분별하는 마음이 없다'고 말할 수 있다. 시비를 분별하는 마음은 '생각하지 않고서도 알 수 있고, 배우지 않고도 능히 할 수 있는 것' 곧 양지이다. 양지는 성인과 어리석은 사람, 과거와 현재를 불문하고 동일하다.
—왕수인 『전습록傳習錄』 중에서

정신이란
모습 속에
있다

소동파의 시에 다음과 같은 구절이 있다.

그림은 형세만 같게 그리면 된다고 하는데
이런 소견은 어린애의 소견과 다를 바 없다.
시를 지을 때도 경물을 그대로 노래하니
이런 사람은 정말 시를 모르는 사람이다.

후세의 화가들이 이 시를 종지宗止로 삼아 연한 먹물로 거칠게 그림을 그려서 그 사물의 본질과 어긋나게 되었다. 지금 '그림을 그릴 적에는 형체가 같지 않아도 되고, 시詩를 지을 때에는 실제의 경물景物을 노래하지 않아도 된다'고 한다면, 그것이 말이 되겠는가?
우리 집에 소동파가 그린 묵죽墨竹 한 폭이 있다. 가지 하나, 잎 하나 모두 실제의 대나무와 꼭 같다. 이것이 바로 진경眞景을 그렸다는 것이다. '정신情神이란 모습[形體] 속에 있는 것인데, 모습이 이미 같지 않다면 어찌 정신을 전할 수 있겠는가?' 소동파가 지은 위의 시는, 대체로 형체만 같게 하고, 정신이 결핍되면 비록 실물과 같을 지라도 광채가 없다는 것을 말하고자 한 것이다.
나는 이렇게 생각한다. 그림은 정신이 담겨야 하는데 형체가 같지 않으면 어찌 실물과 같을 수 있겠으며, 또 광채가 있어야 하는데 다른 물건처럼 되면 어찌 실물이라 할 수 있겠는가?
—이익『성호사설』「논화형사論畵形似」중에서

글과 그림만 그럴까? 세상의 모든 것이 그러할 것이다. 겉만 아름답고 속은 텅 빈 것을 '속 빈 강정'이라고 하는데, 아무리 외형이 볼만해도 속이 텅 비었거나 그만의 독특한 정신이 깃들어 있지 않다면 저마다의 '우주'가 아닌 있어도 그만 없어도 그만인 하등의 생명이나 진배없다.

속담에도 '속인들은 이익을 중요시하고, 청렴한 선비는 명예를 중요시하며 어진 선비는 뜻을 존중하고, 성인은 정신을 귀하게 여긴다'고 하였다. 그러므로 소박하다는 것은 다른 것과 뒤섞이지 아니한 것을 말함이요, 순수하다는 것은 그 정신이 이지러지지 않은 것을 말함이니, 순수하고 소박함을 체득한 자를 참사람[眞人]이라고 부를 수 있다.
—장자

누구도 모방할 수 없는 소박함이나 순수한 마음 그리고 창의성과 맑은 정신을 견지하고 살기 위해서는 부단히 현재와 결별해야 한다.

| 예술가의 정신은 한곳에 머물 수 없다. 예술가는 낯선 새로운 땅을 찾아 부단히 떠나야 하는 곡마단의 숙명을 지녔다.
—피카소

풍자냐,
해탈이냐

옛날에 수령이 읍호장과 더불어 시를 지을 때 수령은 배가 불룩하고 호장은 안질이 있었다. 수령이 먼저 시를 지었다.

호장의 눈이 비록 습濕하나 개천을 만들어
물을 끌어들일 수 있겠느냐.
옷소매에는 불행이 되지만
파리에게는 좋은 음식이로다.

이 시를 본 호장은 다만 엎드려 있기만 하였다. 수령이 말하기를 "그대 또한 대구를 지어 보시오" 하자 호장은 다음과 같은 시를 지었다.

대인의 배가 비록 크나 세금 바치는 쌀이야
실을 수 있겠느냐.
역마役馬에게는 불행이로되
맹호에게는 좋은 밥이로다.

—성현『용재총화慵齋叢話』중에서

상대방의 불편한 신체를 두고 논論한 부분은 조금 거시기하지만 서로 번뜩이는 풍자諷刺에 잠시나마 웃음을 짓는다. 지위의 높낮이를 떠나 서로가 서로에게 할 말을 다하는 사회, 그래서 웃음이 피어나는 사회가 바른 사회이다.

사람만이 이 세상에서 고통을 받기 때문에 웃음을 발명하지 않을 수 없었다.

—니체『권력에의 의지』중에서

무엇보다도 중요한 것은 세상 모든 일에 바른 마음을 가지고 맑은 정신을 견지하는 일이다.『화엄경華嚴經』에 '일체유심조一切唯心造'라는 말처럼 이 세상의 모든 일이 마음의 산물이고 마음에 의해서 좌우되고 지배되기 때문이다.

누이야 풍자가 아니면 해탈이다.

—김수영

자기만이
할 수 있는
일을 하라

요즘 늘 보면 자네의 신기神氣가 평온하지 못한 것이 무슨 남 모르는 큰 걱정이라도 있는 것처럼 보이는데, 무슨 마음에 걸리는 문제가 있기에 그렇게 겉으로까지 나타나는 것인가?
옛사람들이, "마음은 작게 해야 한다"고 말했지만 장자張子 같은 사람은 "마음은 크고 호방해야 한다"고도 했지. 마음이 크고 호방하면 마음의 영역이 확 트여 다소간의 물루物累쯤은 그 마음을 동요시키지 못하는 것이고, 또 『중용中庸』가운데서 "자기 현재 위치에서 자기 할 일만 하라"고 한 것도, 이러한 가운데서 이루어지는 것일세. 나처럼 비루한 사람이 감히 이러한 경지에 이르렀다고 자처할 수는 없지만 곤궁한 처지에서도 그때그때 적당히 처리하고 거기에 얽매이지는 않았네. 따라서 병이 몸에 그렇게 쌓여 있어도 지금까지 버티고 온 것이 그 덕이 아니라고 할 수 없다네. 대장부 칠 척의 몸이 사소한 물루에 끌려 나의 화평한 마음을 잃게 된다면 그 얼마나 애석한 일이겠는가?

—안정복「정군현에게 보낸 글」중에서

마음을 크게 하는 것도 작게 하는 것도 스스로의 몫이지만 세상은 혼자가 아닌 여러 사람과 함께 사는 것이다. 그 속에서 파생하는 다양한 일이나 그 스스로도 어찌할 수 없는 것들 때문에 마음과 몸이 복잡할 때가 많은 게 이 세상이다.

너는 세상의 괴로움에서 뒤로 물러설 수 있다. 그것은 너의 마음대로이고 너의 본성에 따른다. 그러나 어쩌면 바로 이러한 물러섬이 네가 피할 수도 있을 단 하나의 괴로움일 것이다.

—카프카

더 나아가지도 못하고, 물러서지도 못한 채 머뭇거릴 때가 너무도 많다. '내가 지금 이러고 있을 때가 아닌데' 하는 마음이 들 때, 사소하다면 사소하고 크다면 큰 일련의 일들 때문에 화평한 마음을 잃은 사람이 어디 한둘이겠는가.

미안함보다
서운함이
더 많은
세월

내가 비 내리는 날 누워서 일생동안 남에게 빌린 물건을 생각해보니 낱낱이 셀 수 있었다. 내 성품이 매우 옹졸하여 먼저 남의 눈치를 살펴서 어렵게 여기는 빛이 있으면 차마 입을 열지 못하고, 상대방이 내게 대하여 조금도 인색하지 않음을 안 뒤에야 비로소 말했다. 남의 말이나 나귀를 빌린 것은 단지 예닐곱 뿐이고, 그 외는 모두 걸어 다녔다. 혹시 남의 하인이나 말을 빌리면 그 굶주리고 피곤함을 생각하여 마음이 매우 불안하였으니, 결코 천천히 걸어 다니는 것만큼 편치를 못했다. 부모님이 병중에 계셨는데도 약을 지을 길이 없어서 친척에게 돈 백 문과 쌀 몇 말을 빌린 일이 있다. 일찍이 아내가 병들어

원기가 크게 쇠하였으므로 친척에게 약을 빌렸는데 마음이 서먹하여, 부모님이 병환 때에 구하는 것과 같지 않았다. 물정에 어두워서 때로 일을 그르치기도 했지만 역시 크게 욕됨은 면했다.

—이덕무 『이목구심서耳目口心書』 중에서

이 세상에서 빌려주기도 하고 빌리기도 한 것이 꽤 많음을 깨닫는다. 흐르는 세월이라 잊어버린 것도 있고 아스라하게 떠오르는 것도 있다. 『성경』에 '네 눈이 미치는 그곳에 네 보물도 있느니라'라는 말은 어느 시대를 막론하고 다 통용되는 말이다.

그런데 신기하게도 '팔이 안으로 굽는다'는 옛말처럼 미안함보다 서운함이 크다. '돈을 빌려준 사람은 빌린 사람보다 기억력이 좋다'라는 말 때문일까.

빚은 비인격적이다. 그러나 비인격적인 이 성질에는 정이 깃들어 있지 않다는 무정함, 냉혹함도 있는 한편, 예속되어 있는 것은 돈일 뿐, 그 밖의 인간성은 되찾을 수 있다는 이점도 있다.

—톨스토이

알랭은 오히려 빚이 있는 편이 낫다고 강변한다.

우리의 생활에서 괴로운 일 가운데 하나는 남의 빚이다. 어떤 형태로든 빚 없는 사람은 거의 없다고 해도 지나친 말이 아니다. 오히려 빚이 없는 사람보다는 어느 정도 빚이 있는 것이 낫다. 빚 걱정이 없는 사람은 매일 소화불량 따위나 걱정하지 않으면 오늘은 무엇을 하며 시간을 보낼까 하는 생각에 사로잡힌다. 걱정 없는 인생을 원하지 말고 걱정에 물들지 않는 연습을 해라.

—알랭

보이는 빛보다 보이지 않는 마음의 빛이 더 중요한데도 사람들은 보이는 것에만 치중하며 산다. 길지도 짧지도 않은 인생을 살면서 모자라고 넘치는 돈 걱정뿐만 아니라 이 걱정 저 걱정에 날을 지새운다는 사실이 슬프기 그지없다.

오고 가는 것이 세상의 이치

'가는 년年 붙잡지 못하고 오는 년年 막지 못한다.'
인류가 시작되고 이 지구상에 명멸했던 그 누구라도 세월의 힘 앞에는 속수무책 순응할 수밖에 없는 것, 모두 왔던 곳으로 돌아가고 또 돌아갔다. 가고 오는 것, 그것이 세상의 진리고 우주의 섭리이다.

맹자가 등滕나라에 가서 상궁上宮에 머물고 있었을 때다. 상궁의 한 사람이 만들고 있던 신발 한 켤레를 창가에 나란히 올려놓았다. 그런데 그것이 갑자기 없어졌다. 아무리 찾아도 눈에 띄지 않았다. 상궁이 맹자에게 다음과 같이 말했다.

"당신을 따라다니는 사람이 감춘 것이 틀림없습니다."
맹자는 그 말에 다음과 같이 대답했다.
"나를 따라다니는 모든 사람들이 도적질이나 하는 줄 아십니까? 혹시 그럴지도 모릅니다. 나는 제자들을 받아들일 때 가는 자를 쫓지 않고 오는 자를 막지 않는다는 주의입니다. 누구나 내게 배울 의사만 있다면 제자로 삼습니다."
—맹자

'연연해하지 말 것, 마음을 비우며 살 것, 가고 싶은 자 가고, 오고 싶은 자 오게 하라.'
우리가 이 세상에 무언가를 남겨놓는 것을 광활廣闊한 우주는 바라지 않을지도 모른다. 왜냐하면 이 우주에는 너무도 많은 생명이 오가기 때문이다.
'오고 가는 것이 세상의 이치' 그렇게 살면서 오다가다 만나 시간을 함께 하는 우리, 그것이야말로 이 세상에 던져진 우리의 소중한 인연이다.

글이
써지는
시간

세상에서 진정 좋은 문장을 쓴 사람들이, 처음부터 모두 글을 염두에 둔 것은 아닐 것이다. 그 가슴속에 무어라 할 수 없는 이상한 것이 있고, 그 목에 토하고 싶지만 토해낼 수 없는 그 어떤 것이 있고, 또 그 입에 말하고 싶지만 말할 수 없는 것이 있어, 그것이 아주 오래 쌓이게 되면 도저히 막을 수 없는 지경이 된다. 그러다가 어느 날 문득 아침 풍경을 보고 감정이 일어나고, 눈길이 가는 곳에 탄식이 나오면, 다른 사람의 술잔을 빼앗으며 내면에 쌓인 울분을 풀어내게 된다.
마음속의 불편을 하소연하게 되고 세상에서의 자기 운명이 기구함을 느끼게 된다. 그러면, 옥구슬 같은 문장을 토설하여 은하수처럼 빛나는 문체를 지어놓고 자부하면서도, 발광하고 울부짖으며 눈물을 흘리고 통곡을 그칠 수 없게 된다. 이런 모습을 보고 듣는 사람에게는 이를 갈고 어금니를 씹으며 그를 살해하고자 하는 마음이 솟구치니, 그는 마침내 명산에 몸을 숨기고 물이나 불 속에 자신을 던지려고 하는 것이다.

—이지「울분과 통곡에서 글이 나온다」중에서

누가 글을 쓰는가?

세상에서 가장 한恨이 많은 사람들이 글을 쓴다고 한다. 아니 글을 쓰고자 해서 쓰는 것이 아니라 한이 풀리면서 저절로 글이 나오는 것이라고 할까. 그런 글을 써야 하는데, 억지로 짜내 글을 쓸 때가 있다.

글이 써지지 않을 때, 그런 때는 가만히 먼 산을 보거나 딴생각을 하고 어정거리면서 세상을 관조해야 하는데, 조급함에 길든 알량한 영혼은 이도 저도 못하고 서성거리기만 한다.

마음을 잠시 놓아버리고 어슬렁어슬렁 세상을 소요할 수는 없을까? 저절로 쓰이는 글이 가장 자연스러운 것이 아닐까? 그럼에도 약간의 쓸쓸함으로 무언가 형언할 수 없는 갈망이 솟구쳐 오를 때, 마음에 드는 글이 써진다.

모든
운은
그날
결정된다

행여나 삶의 비결 찾을까 하고
초라한 술 항아리 입술을 찾네.
입술에 입술 맞대고 속삭이는 술 항아리
마셔라, 살아생전, 한 번 가면 못 오리라.

저 뒤집힌 그릇, 우리가 하늘이라 부르고
그 아래 갇혀서 살다 죽는 인생인데,
손을 들어 하늘에 구원을 찾지 마라.
어차피 하늘인들 아무 힘이 없는 것을
—오마르 하이얌 『루바이야트Rubaiyat』 중에서

절대 선善도 절대 악惡도 없는데 저희만 착하다며 생사결단死生決斷 싸우는 무리. 도대체 그들은 무엇과 싸우는 것일까? 그들도 어느 날 문득 사라질 것이다. 하지만 기다려라.

| 아무리 행운이 넘치는 사람도 죽음을 맞이하기 전까지는 부러워할 필요가 없다. 모든 운運은 그날 결정決定된다.
—에우리피데스

아름다움이란 무엇일까

어떤 사람들은 우수에 젖어 홀로 서 있거나 누군가를 기다리는 여인을 볼 때 연연戀戀해 하는 마음이 생긴다고도 하고 어떤 사람들은 생기발랄한 풋풋한 여인을 볼 때 사랑스러운 마음이 생긴다고도 한다.
'아름답다는 것, 그 아름다움이 세상을 구원해줄 것이다.'
만고의 진리이다.

아름다운 여인, 즉 미인을 관찰해 보면 그로써 시를 이해할 수 있다. 그녀가 고개를 나직이 숙이고 있는 것은 부끄러워하고 있음을 보이는 것이고, 턱을 고이고 있는 것은 한스러워하고 있음을 보이는 것이고, 홀로 서 있는 것은 누군가를 그리워하고 있음을 보이는 것이고, 눈썹을 찌푸리는 것은 시름에 잠겨 있음을 보이는 것이다. 기다리는 것이 있으면 난간 아래 서 있는 것을 보여주고, 바라는 것이 있으면 파초 아래 서 있는 것을 보여준다.

—박지원『연암집』「능양시집서菱洋詩集序」중에서

미인은 품격도 있지만 또 다른 미인에 대해 병적일 정도로 질투를 한다. 아름다움은 영원하지 않고 잠시 존재하다가 사라진다. 아름다움에는 여러 가지가 있는데도 어떤 하나의 아름다움으로 온갖 것을 다 제압할 수 있다고 믿는 것, 거기에 불행의 씨앗이 숨어 있다.

미인의 눈물은 그녀의 미소보다 더 사랑스럽다.

—캔벨『희망의 기쁨』중에서

미인을 가만히 바라보는 것만으로 만족할 수 없어 만지고 싶고, 애무하고 싶고, 함께하고 싶은 것이 세상사의 이치이다.
일찍이 니체는 그 아름답다는 것을 다음과 같이 묘사했다.

아름다움의 느린 화살- 아름다움의 가장 고귀한 유형은 갑작스럽게 매혹되거나 돌풍처럼 도취케 하며 엄습해오는 그런 것이 아니라 인간이 거의 부지불식간에 지나는 아름다움, 꿈속에서 우연히 마주치기도 하지만 우리의 마음속에 조용히 머물러 있다가 마침내 우리를 사로잡고 우리의 눈을 눈물로, 또한 마음을 동경으로 채우면서 서서히 스며오는 것 같은 아름다움이다. 아름다운 것을 볼 때 우리는 무엇을 갈망하는 걸까? 그것이 아름답기에 우리는 거기에는 분명 수많은 행복이 숨어 있으리라고 생각하게 된다. 그러나 그것은 오류이다.

—니체 『인간적인 너무나도 인간적인』 중에서

눈에 보이지는 않으나 진정으로 아름다운 것은 도대체 무엇인가.

사는 것의 괴로움

염계 선생이 말하기를 '진실로 아무것도 함이 없더라도 움직이려는 찰나刹那에 선악善惡이 나뉘는 것이다. 덕에는 다섯 가지가 있는데, 사랑하는 것을 인仁이라 하고, 두루 통해서 아는 것을 지知라 하고, 옳은 것을 지키 는 것을 신이라고 한다. 천성天性을 그대로 지녀 인욕人慾을 일으키지 않고 평안한 상태에 있는 것을 성聖이라 하고, 잃어져 가는 성性을 되찾아 그것을 잡는 것을 현賢이라 하며, 피어남이 적어 눈으로는 볼 수 없으나 두루 퍼져 채워도 다함이 없는 것을 신神이라 한다'고 하였다.

—여조겸『근사록』중에서

누군가를 사랑하는 것도, 옳은 것을 지키는 것도 어려운 일이지만 가장 어려운 일은 천성을 그대로 지니고서 욕심 내지 않고 사는 것, 즉 성聖이라는 것이다. 그것을 지키고자 고집하는 사람이 있다면 뭇사람들이 그것을 알아 대우는 않더라도 어영구영 이용하지는 말아야 하는데 그렇지 않은 것이 오늘날의 현실이다.
남에게 이용당하는 것도 엄밀한 의미에서 보시라고 보는 사람도 있다. 하지만 알면서도 넘어가 주는 것이 당장 상대에게 이익은 될지언정 멀리 보면 오히려 죄악을 더 키워주는 꼴이 된다. 그것을 모르기 때문에 죄를 짓는 것인지도 모른다.
정이천 선생이 말하기를 '마음은 몸에 있어야 한다'라고 했고, 다시 말하기를 '사람의 마음은 언제나 살아 있게 하여야 한다. 그러면 곧 사물을 대하는 데 두루 미치게 하여서 한곳에 머무르지 않게 한다'고 하였다. 그의 말이 타당하다면 세상에 실망하는 것은 마음이 너무 비어 있거나 죽어 있어서 그런 것일까?

무엇이 옳고 무엇이 그른지 도무지 분간할 수 없는 것이 작금의 세상이다. 그렇다고 분별의 끈을 놓아버릴 수는 없고 이것저것 따지다 보면 마음만 상한다. 언제쯤 이 세상에서의 인연의 끈을 모두 놓아버리고 '허허' 하고 통 크게 혹은 허탈하게 웃어버릴 수 있을까.

마음이
충만해지는
시간

매일매일 쓰는 글이고, 써야 하는데도 실마리를 못 찾아 마음이 허공을 헤매는 시간이 있다. 한밤중에 자다가 일어나 캄캄한 벽을 큰 눈 뜬 채 응시하기도 하고 방 안을 이리저리 오가지만 글은 쓰이지 않는다. 이럴 땐 한 많은 사람이 글을 쓴다는 말이 가슴 깊이 다가온다.
어느 때 마음에서부터 우러나온 좋은 글이 써지는가?

옛날에 글을 짓는 사람은 글에 능한 글을 '좋은 글'로 여긴 것이 아니라, 쓰지 않을 수 없어 쓴 글을 '좋은 글'로 생각했다. 산천의 구름과 안개, 초목의 꽃과 열매도 충만하고 울창하게 되어야 밖으로 드러나듯이, 마음속 생각이 충만하면 글은 저절로 써진다.

내가 어릴 때 가친家親께서, "옛 성인은 스스로 억제할 수 없는 충동으로 부득이 글을 썼다"고 말씀하셨다. 나와 아우 철(轍. 소철)이 지은 글들은 모두 이렇게 쓰인 것들이다.

—『소식문집蘇軾文集』 중에서

이 글에 의하면 마음이 충만하지 않아서 글이 안 쓰이는 것이다. 하지만 마음이 우러나오기를 하염없이 기다린다고 해서 글이 쓰인다는 보장도 없다.

흰 이슬이 강물을 가로지르고 물빛은 하늘에 접해 있네. 한 조각 작은 배가 가는 대로 맡겨 아득히 너른 바다로 흘러간다. 하도 넓어 허공에 의지한 듯 바람을 탄 듯 멈출 곳을 모르겠으며, 두둥실 세상을 버리고 홀로 서서 날개 돋아 신선세계에 오르는 듯하더라.

—소식「적벽부赤壁賦, 달밤 뱃놀이」 중에서

소식의 글을 읽으니 아무런 생각 없이 먼 길을 걸어가고 싶다.

모자라고
넘치고

세상을 살다 보면 너무 모자라서 힘이 들기도 하지만 너무 넘쳐 화가 되는 경우도 있다. 넘치지도 모자라지도 않는 만남이나 사랑이 가장 좋겠지만, 양쪽 경계가 애매하여 종종 우愚를 범하고 만다.

| 이석형의 집이 성균관 서쪽에 있어 냇물과 숲이 깊숙하고 그윽하다. 망건 바람으로 명아주지팡이를 짚고 휘파람 불며 노래하기도 하고, 손님이 찾아오면 붙잡고 술을 마시니 마치 신선과 같았다. 띠풀로 이엉을 한 정자 몇 칸을 동산 가운데에 짓고 이를 '계일정戒溢亭'이라고 하였다.

—이정구 『월사집月沙集』 중에서

이석형은 연못을 파고서 물이 가득 차면 열어놓고 줄면 막아서 항상 물이 넘치지도, 줄지도 않게 조절하였다.

물이 평온하면 몸이 고요하고, 몸이 고요하면 성품이 맑고, 성품이 맑으면 온갖 물건이 와서 비친다. 이것을 마음에 비기면 희喜, 노怒, 애哀, 락樂이 아직 발동하지 아니하여 한곳으로 기울지 않은 상태라고 할 수 있다. 천하의 이치가 모두 여기에서 나온다. 이것은 천하의 근본인 것이다.
맑은 물결이 흐려지는 것은 사람에 빠져서 점점 얽매기 때문이다. 그런데 사람마다 물이 맑고 흐린 것은 잘 보지만 차고 넘치는 것에는 소홀하게 보아 넘기기 일쑤이다. 마음을 밝게 하여 본체本體의 밝음을 얻으려고 한다면 배움을 좋아하는 사람이 아니고서는 능히 못한다. 조금 삼가지 않으면 교만과 넘침이 절로 이르니 곧 사람마다 반드시 경계하여야 할 것이다. 그러므로 나의 정자 이름을 '계일'이라고 한 것이다.
넘치고 모자라는 것이 어찌 연못뿐이랴, 사람의 관계도 그와 같다. 사람의 욕심이란 것이 항상 모자라거나 넘쳐 서로를 갈라놓기도 하고, 소원하게도 만든다. 급기야 평생 쌓아올린 업적을 무너뜨리기도 한다.
—김수온 『계일정기』 중에서

지금 살면서 모자라거나 넘치는 것은 무엇일까.

거짓말,
혹은?

어느 봄날이었다. 들녘은 자운영 꽃으로 넘실거렸다. 그 꽃밭에 앉아 자운영 꽃을 가만히 바라보다가 꽃가지를 하나 꺾었다. 잎에는 초봄의 부드러움이 그대로 묻어나는데, 꽃은 농익은 아름다움을 자랑하고 있었다. 향기를 맡고 싶어서 코를 가까이 댔으나 향기가 나지 않았다. 대신 꽃을 한아름 안아보고자 한 다발 꺾어 가슴에 대는 순간 꿈에서 깨어났다.

오늘 새벽의 꿈처럼 세상을 사는 것이 꿈인 듯 생시인 듯 애매모호할 때가 많다. 내가 살고 있는 것인지, 아니면 그저 사는 체하는 것인지 말이다. 아는 것 같지만 모르고 모르는 것 같지만 아는 것 같기도 하면서 흐르는 세월.

| 아무리 그의 말이 허탄해서 믿을 수 없을지라도, 행여 거짓말이라고 하지 말고, 짐짓 믿어주는 것이 어떻겠소. 마치 거짓말쟁이가 꿈 이야기를 하는 것을 진정이라고 믿을 수도 없지만, 거짓말이라고 딱 잘라 말할 수도 없기 때문입니다. 남의 꿈속에는 도저히 가볼 수가 없기 때문이지요.

—박지원「성지에게 보내는 편지與誠之」중에서

'남의 꿈은 가볼 수도, 들여다 볼 수도 없다'는 말은 맞지만 항상 그것이 문제다. 저마다 꿈이 다르고 신기루같이 사라진다는 것이다.

| 이미 지나간 일을 추궁하지 않는 것이 가장 현명하고, 남의 거짓을 깨닫고도 말하지 않는 것에 묘미가 있다.

—설선

고금古今 이래로 진실보다는 거짓이 더 잘 통하는 세상이다. 가장 가까운 사람들조차 믿을 수 없다는 것, 그것이 항상 삶의 암초이다.

| 인생에서 무엇보다도 어려운 일은 거짓말을 하지 않고 사는 것이다. 그리고 자기 자신의 거짓말을 믿지 않는 것이다.

—도스토옙스키

| 일상생활에서 대부분 사람이 정직한 말을 하는 이유는 무엇일까? 그것은 신이 거짓말을 하는 것을 금지했기 때문이 아니라 거짓말 하지 않는 것이 편하기 때문이다.

—니체

사람들은 끊임없이 거짓말을 하고 거짓말쟁이로 낙인이 찍힌다. 어째서 그럴까?

| 하나의 거짓말을 한 사람은 그것을 유지하기 위해 스무 개의 거짓말을 만들어 내야 한다.
—제퍼슨

| 거짓말쟁이가 받는 벌은 사람들이 자기를 믿어주지 않는다는 것과 이제 자기 외에는 아무도 믿을 수 없게 된다는 것이다.
—버나드 쇼

사람들이 거짓말을 하는 것은 스스로가 다른 사람들보다 더 현명하다고 여기기 때문이다.

| 마음속에 선을 지니지 않은 악인惡人이 없고, 마음속에 악을 지니지 않은 선인善人도 없다.
—애디슨

위의 말이 정답이다. 그래서 사는 것이 고해苦海일지도 모르겠다.

마음을 지배하는 것은 누구인가

제자가 이천 선생에게 물었다.

"마음에 머무르는 것이 과연 착한 일이면 꿈에 나타난 것이 해롭지 아니할까요?"

이천 선생이 대답하였다.

"비록 착한 일일지라도 마음은 또한 움직이는 것이다. 무릇 일에는 길흉화복의 징조가 있는 것이니, 꿈에 나타나면 해롭지 않을 것이다. 이러한 것 이외에 꿈에 나타나는 것은 마음의 망동妄動에서 나타나는 것으로 좋지 않은 것이다. 사람의 마음은 반드시 정착시켜야 하며, 생각을 해야 할 때는 생각하는 것이 곧 좋은 것이다. 이제 사람들은 마음을 놓아버려 주체성이 없는 것이다."

제자가 다시 물었다.

"마음을 누가 지배하여서 부리고 있는 것입니까?"

이천 선생은 다음과 같이 답하였다.

"마음으로써 마음을 부리고 있다는 것이 옳은 것이다."

—주희 『근사록近思錄』 중에서

마음에 주체성主體性이 없으면 망동하여서 마음의 본성本性을 잃어버리고 만다.

마음을 다잡고 살기가 쉬운 일이 아니다. 여기면 여기, 저기면 저기가 분명해야 하는데 마음이라는 것이 매일, 매 순간 항상 변화하기 때문이다. 그런 의미에서 마음을 지배하는 것은 시간時間인지도 모르고, 우리의 의식은 주체성도 없이 시간이 조종하는 대로 그냥 따라가는지도 모르겠다.

마음을
사랑하는
것

한번은 TV에 아홉 살 난 무당 아이가 나왔다. 아이는 자신이 다니는 초등학교의 한 남자애를 좋아하고 있었는데 아무리 기도를 해도 그 남학생이 자기를 좋아하지 않는다며 이렇게 말하는 것이었다.

"신의 힘으로도 사람의 마음을 잡을 수가 없어요."

인간이 범접조차 할 수 없는 신의 힘으로도 안 되는 것이 사람의 마음이라는데 그렇다면 마음이란 무엇일까?

마음이란 살아 있으면서도 물체는 없으니, 비유한다면 거울과 물에 지나지 않을 것이다. 거울과 물은 물건이 와서 비치는 것이고,

자체의 영감이 응하는 것은 아니다. 물건이 오면 비치고, 물건이 가면 비[空]며 아름다우면 아름답게 나타나고, 추악하면 추악하게 나타나니, 그 변동이 물건에 달려 있지, 거울과 물의 영감에 달려 있는 것이 아니다.

지금 마음의 본체를 논한다면, 역시 사물事物이 오기 전에 맞아들이는 것이 아니라 사물이 오면 모두 비치고 사물이 가면 머물러 있지 않으니, 이는 거울과 물에 흡사하다고 여길 만하다. 그러나 한번 만난 사람을 십여 년 후에 다시 만나도 곧 그 얼굴을 알아보며 이름을 듣고 누구임을 아니, 이는 머물러 있지 않은 가운데에 멈춤이 있는 것이다. 그러므로 이목耳目이 접촉되면 곧 누구임을 알아야만 영감에 응하는 고로, '넋은 지난 일은 간직한다'고 말하는 것이다. 만약 거울과 물처럼 물건을 그냥 스쳐 보내듯 한다면 이는 미욱하고 감각이 없는 사람일 것이다.

지난 일을 간직하는 것은 음陰에 속하고, 영감으로 응하는 것은 양陽에 속하니, 지난 일을 간직하는 것은 씨앗이 흙 속에 있는 것과 같고, 영감으로 응하는 것은 싹이 밖으로 트는 것과 같은 것이다. 양에 속하는 것은 혼魂이 음에 속하는 넋에 의지하지만, 잠재했을 때에는 적연寂然히 아무 자취가 없어 마음이 항상 깨닫지 못하다가, 사물이 쉴 때에는 담연湛然히 공허하고 밝아 한 점의 티끌도 부착되지 않음이 마치 거울이 비고 물이 멈춘 것과 같아, 비록 귀신이라도 그 즈음을 엿볼 수 있는 것이다.

—이익 『성호사설星湖僿說』 중에서

마음이 오는 것도, 가는 것도 역시 이 세상에서 피할 수 없는 일이다. 그러나 오고 가는 것이 세상의 변함없는 이치라는 것을 잘 알면서도 가는 마음을 애틋해 하는 것은 무슨 심사인가. 만 리는커녕 십 리도 못 되고 불과 몇 미터 앞도 볼 수 없는 게 현실이다. 하물며 사람의 마음을 어떻게 알겠는가. 시시각각 변하는 게 사람의 마음 속 풍경이라서 열 길 물속은 알아도 한 길 사람 속을 알 수 없다는 말, 살아갈수록 더 실감한다.

하지만 '모든 것을 스쳐 보내지 못하고 모두 다 마음속에 담아둔다'면 마음이 포화 상태가 될 것이고, '모든 것을 다 스쳐 지나가게 한다'면 그 때는 또 어떻게 될 것인가.

'가고 싶은 자 가고, 오고 싶은 자 오게 하라'는 말처럼 어떠한 것에도 동요하지 않는 마음도 필요하지만 지금은 '내가 너를 알기 위해 오는 곳, 내 마음을 나는 사랑해야 한다'라고 말한 '발레리'의 시 한 구절이 절실하다.

> 선비는 마음 밝히기를 거울같이 해야 하고 몸 규제하기를 먹줄같이 해야 한다. 거울은 닦지 않으면 먼지가 끼기 쉽고 먹줄이 바르지 않으면 나무가 굽기 쉽듯이, 마음속의 등불을 밝히지 않으면 사욕이 절로 마음을 가릴 것이고, 몸을 규제하지 않으면 게으름이 절로 생기므로 마음과 몸을 다스리는 데도 마땅히 거울처럼 닦아야 하고 먹줄처럼 곱게 해야 한다.
>
> —이덕무 『청장관전서青莊館全書』 중에서

우리가 바라는 것은

한 남자가 지옥에 떨어졌다가 이제 막 환생하려 할 때 염라대왕에게 말했다.

"대왕께서 나를 인간으로 사바세계에 환생시켜 주신다면, 내가 바라는 조건이 아니면 싫습니다."

대왕은 물었다.

"그 조건이란 대체 뭐지?"

"이번에 인간으로 환생한다면, 장관의 아들로서, 또 장래에 '장원(과거에 장원 급제한 사람)'의 아버지로 태어나지 않으면 싫습니다. 집 주위에는 1만 정보의 땅과 물고기가 노는 못, 온갖 과실과 어질고 다정한 예쁜 아내와 고운 첩들이 없으면 싫습니다. 천정까지 황금과 진주로 아로새긴 많은 방과 곡물이 그득한 많은 창고와 돈이 잔뜩 든 가방이 없으면 싫습니다. 그리고 나 자신은 왕후장상이 되어 명예와 번영을 마음껏 누리고 백세까지 장수하지 않으면 싫습니다."

그러자 염라대왕이 말했다.

"사바세계에서 그렇게 살 수 있다면 내가 바로 환생하겠다. 너 따위를 보낼 것 같으냐!"

> 사람은 내일을 기다리다 그 내일엔 묘지로 간다.

—러시아 속담

모든 사람이 기다리는 것, 그것은 하늘에 무지개처럼 잠시 나타났다 사라지는 것일 수도 있고 애당초 없는 것일 수도 있다. 그렇게 모두가 갈망하는 것이라면 이미 누군가가 꿰차서 들어가는 문조차 닫혀 있을지도 모른다.

나뭇잎 하나 흔들리지 않는 조용한 밤, 간간히 지나는 자동차 소리가 크게 들리다 잠잠해지는 시간이다. 저렇게 왔다가 사라지는 소리처럼 어느 날 문득 돌아갈 것이다.

서둘지 말자.

> 이제는 걸어서는 인간과 사물을 거의 따라갈 수가 없다. 점점 더 뛰어가야만 한다. 그러면 인생은 흘러가는 것이 아니라 새어나가면서 없어진다.

—토마스 만

참느니
마음대로
살아라

온갖 나무가 파릇파릇하여 모두 봄의 뜻을 잘알고 예전의 제비도 새로워 둥지를 트는데 바로 먼 서한을 받으니 어찌 신이 나고 안색이 기쁘지 않으리오.
더구나 그 가슴속의 발울勃鬱한 기운은 누각의 구름과도 같고, 거마의 일산과도 같아서 천 리 밖에서도 한 오라기가 서로 접속되어 나같이 삭고 낡아빠진 물건과는 같지 않다는 것을 알고도 남음이 있네. 편지 전한 이후에도 동정이 과연 편지 부칠 때와 한결같은가?
이 몸은 칠십의 나이가 어느덧 닥쳤으니 무엇을 했기로 여기까지 왔는지 모르겠네. 사중舍仲도 역시 일 년 사이에 더욱 늙었고 계군季君도 많

은 고초를 겪은 탓으로 늘 병을 떠나보내지 못하니 한탄스러울 따름일세. (중략)
운포耘逋는 지병으로 설전부터 극심해지더니 마침내 금월 초하룻날 작고하여 이물異物이 되었다네. 이와 같은 말세에 그와 같은 인물을 어디에서 다시 본단 말인가.
유산酉山 노인은 그의 정지情地가 특별하여 무척이나 슬퍼하고 있다네. 좌우도 이 소식을 들으면 또한 반드시 마음이 놀래어 죽음을 애도함이 남과는 같지 않으리라 생각되네.
—김정희「황생에게 보낸 편지與黃生」중에서

봄은 왔는데 온갖 산천에 푸르름이 짙어가고, 제비도 날아와 새로 집을 짓는데 나이 칠십에 이르러 삭고 낡아 빠진 몸으로 유배지에서 이런저런 생각을 해보면 세상을 산 다는 것이 도대체 무엇 때문인지 모르겠다는 추사의 편지. 문득 내 이야기 같은 것은 나의 마음도 그처럼 쉬지 않고 흔들리기 때문일 것이다.

나는 나의 주위에 둘레를 치고 성스러운 한계를 그어 놓았다. 산들이 높아질수록 나와 더불어 오르는 사람은 더욱 적어진다.
—니체

살아갈수록 함께 세상의 길[道]을 가는 사람이 적어진다. 산을 오르다 보면 혼자서 걷고 있는 자신을 발견하게 되고, 돌아보면 살아온 날들이 아득하기만 하다.
외롭고 고독한 것이 인생이라고 자위해보지만 세월은 그런 생각과는 아무런 상관도 없이 잘도 지나가고, 마음속은 세월의 속도와 같이 날이 갈수록 텅 비어 가니 문득 떠오르는 말 한마디가 있다.

> 참느니 마음대로 살아라.

—카프카

봄에
마음을
하나로
맺는다

여기저기 봄소식이다. 경주에 유채꽃, 벚꽃이 만개했다고도 하고 그 봄이 서울까지 밀어닥쳤다고도 하며, 비가 내리면 그 봄이 썰물처럼 갈 것이라고도 한다.

| 그대 고향에서 오셨으니
고향의 일 아시려니와
떠나오시던 날
우리 집 창문 앞에
매화가 피었던가요?

—왕유 「잡시雜詩」

달고 단 봄잠을 깨니 어느덧 날이 밝아
곳곳에서 들려오는 새 울음소리.
간밤에 내린 비바람 소리에
꽃들이 얼마나 떨어졌을까?

—맹호연 「춘효春曉」

바람이 부는 거리에서 꽃잎이 눈앞에 성큼 안기면 가슴이 철렁 내려앉기도 하고 무어라 설명할 수 없는 애잔한 그리움이 밀려오기도 한다. 그래서 당나라 때 시인 설도薛濤는 마음을 하나로 맺는다는 뜻으로 다음과 같은 시를 남겼는지도 모르겠다.

꽃잎은 하염없이 바람에 지고
만날 날은 아득타, 기약이 없네.
무어라, 맘과 맘은 맺지 못하고
한갓되이 풀잎만 맺으랴는고.

—설도 「춘망사春望詞」

마음이 없으면 아무리 아름다운 것을 보아도 그 진면목을 볼 수가 없듯이 마음이 지극히 이르지 못하면 볼 수 없는 것이 진정한 사랑이고, 진정한 아름다움이다.

봄이
왔다가
가는데

예로부터 '마음속에 의문이 있으면 정신은 작은 이유로도 이리저리 끌려 다닌다'는 말이 있다. 이것에도 저것에도 마음을 내려놓지 못하고 헤매다 보면 그나마 남은 기준마저 사라져버리고 말 때가 있다.

> 만족할 줄 아는 사람이 부자다. (知足者富)

—노자

아흔아홉 섬을 가진 사람이 한 섬 가진 사람보고 백 섬을 채우자고 말하는데 그것은 아흔아홉 섬을 가진 사람이 한 섬 가진 사람보다 마음이 더 가난하기 때문이다.

한겨울에는 봄을 그리다가 정작 봄이 오면 봄의 기쁨을 잊어버린 채 다시 추운 겨울을 기다리기 때문에 진정한 봄을 느끼지도 못하고 보내버리는 경우가 많다.

봄이 오기를
은근히 기다렸어요.
봄바람이 내 시름
불어가 줄까 하고

그러나, 봄날은
길기만 해서

나의 한恨은 더더욱
끝 간 데를 모릅니다.

—매지

부는 만족할 줄 아는 데 있고(富在知足), 귀는 물러가기를 구하는 데 있다.(貴在求退)

—설원「담총談叢」중에서

세상 모든 것이 내 것이나 다를 바 없다고 생각할 때 진정으로 내 것이 된다. 그렇기에 지금 이 순간이 가장 아름답고 소중하다고 느낄 수 있어야 한다. 그런데도 완벽하지 못한 게 사람이라서 지금 이 순간에 만족하지 못하고 먼 것, 다가갈 수 없는 것만을 꿈꾸다가 사라져가 버리는지도 모른다.

| 그대와 만나니 꿈인가 생시인가
잔을 주고받아 즐겁기야 즐거워도
머지않아 이것도 꿈이 될까 서러워.
—백거이

마음이란 무엇인가

사계선생沙溪先生이 심경心經 중의, '마음이란 붙잡으면 있고, 버리면 없으며, 나고 드는 것이 일정한 시간이 없어, 그 방향을 모른다'는 구절을 강의하고, 재차 범순부范淳夫. 조우祖禹의 딸이 말한 바, '맹자는 마음이라는 것을 모른다. 마음이 어찌 나고 드는 것이 있겠느냐?' 한데 대하여 정자程子가, '이 여인이 맹자를 알지는 못하지만 마음은 알았다'고 칭찬한 것을 들어 말하면서, 맹자와 범녀의 말이 다른 것은 무엇이냐고 자주 여러 생도들에게 묻곤 했다.

그런데 내가 작은 설명문을 지어서 선생에게 품의하기를, 대저 사람의 마음이란 방 안의 불빛과 같아서 비록 바깥의 바람 가운데 끌려 움직이게 되어 이리저리 흔들려 정하기 어렵게 되기는 하지만, 원래 일찍이 다른 물건을 따라서 밖으로 나가는 것은 아닙니다. 끌려 움직일 때에도 그 자리에 있고, 안정될 때에도 역시 그 자리에 있는 것으로서, 사람이 말을 타고 문 밖으로 나가는 것과는 같지 않습니다. 그 있고 없으며 나고 든다는 것은 다만 감동하여 통하는 묘리를 말하는 것뿐입니다. 장자莊子의 이른바, '하루 동안에 두 번씩 사해 밖을 돌아다닌다'는 것도, 안에서 밖으로 나가 다른 곳으로 간다는 것을 말함이 아닙니다. 어떠합니까? 하였다. 그런데 선생께서 나중에 과연 그것을 옳다고 하였는지, 아니라고 하였는지는 아직 알지 못하는 일이다.

사계선생이 말하기를, "성인의 마음은 맑은 거울이나 멈춘 물과 같아서 학자들이 엿보아 측량하기 어려운 점이 있다. 그 나머지 중인衆人들은 마음이 달리고 튀어 오르는 병통이 많으니 반드시 먼저 본체本體를 세운 뒤에 발동하는 곳에 따라서, 살펴가며 더 공부해야만 찾아 갊음이 있을 것이다" 하였다.

—정홍명『기옹만필畸翁漫筆』중에서

조선 중종 때의 문장가인 김일손은 이렇게 말한다.

"벼슬에는 크고 작음이 있으나, 마음에는 크고 작음이 없으며, 직책에는 내직과 외직이 있으나 마음에는 안팎이 없는 것이다."

"천지 사이에 있는 만물은 비록 한 포기의 풀과 한 그루의 나무라도 자연의 이치가 깃들여 있지 않은 것이 없으며, 그 흥망興亡 그 득실得失이 그러하다."

—김일손「송최옥과서送崔玉果序」중에서

맹자는 '마음이라는 것은 모른다. 마음이 어찌 나고 드는 것이 있겠느냐.' 하였으며, 정자程子는 '이 여인이 맹자는 몰랐으나 마음은 알았다'라고 말하며 성인들도 모르는 마음을 깨달은 여인을 칭찬하였다.

무릇 깨달음이 어찌 현인에게만 가능할까. 어느 날 문득 그 깨달음의 경지에 오를지도 모르는 일이다.

귀가 아닌 마음으로 들어라

이른바 '몸을 닦는 것이 그 마음을 바르게 하는 데 있다'는 것은 자신에게 성내는 일이 있으면 그 올바름을 얻지 못하고, 무서워하거나 두려워하는 일이 있으면 그 올바름을 얻지 못하며, 좋아하거나 즐거워하는 일이 있으면 그 올바름을 얻지 못하고, 근심하거나 걱정하는 일이 있으면 그 올바름을 얻지 못하게 된다는 것이다.

싫어하는 일에 부닥치면 성이 나게 되고, 압박을 당하면 무서워하거나 두려워하게 되며, 꾀이거나 기쁜 일을 당하게 되면 좋아하거나 즐거워하게 되고, 침로를 당하면 근심과 걱정을 하게 된다.

이것은 모두 외계外界의 사물이 와서 간섭하여 마음이 따라 움직이고 바뀌어 너무나 치우치게 되는 것이다. 한쪽에만 치우치면 올바름을 알지 못하게 된다. 비록 앎이 분명하고 뜻을 속이지 않는다 하더라도, 혹 스스로 반성하여 살피지 않는다면 마음이 외계의 사물에 움직임을 당하게 되어, 이 네 가지 치우침이 있게 된다. 다만 부지런히 반성하고 살펴야만 비로소 이러한 폐단이 없게 될 것이다.

—박세당 『서계선생집西溪先生集』「사변록思辨錄」 중에서

조선 중기의 학자인 박세당朴世堂은 성내고, 두려워하고, 좋아하거나 즐기고, 걱정하거나 근심하는 그 모든 것을 마음이 밖의 사물의 간섭 때문에 치우치는 것으로 보았다.

박세당의 '몸을 닦는 것은 그 마음을 바르게 하는 데에 있다'는 말은 진실로 마음을 바르게 하지 않으면 몸을 닦을 수 없음을 뜻하는 것이다.

그럴 수도 있다. '네 눈이 미치는 곳에 네 보물도 있다'는 성경의 말처럼 마음이 있지 않으면 보아도 보이지 않고, 들어도 들리지 않으며 먹어도 그 맛을 알지 못할 것이다.

안회顔回가 어느 날 공자에게 물었다.

"마음을 정화하는 것에 대해 묻고 싶습니다."

공자는 다음과 같이 답했다.

"의지[志]를 집중시키려고 할 때 귀로 들으려고 하지 말고 마음으로 들어라. 네가 마음으로 듣지 않고 기氣로 들으려고 할 때 들음은 귀에서 멈출 것이고, 마음은 귀로 듣는 것과 일치하는데 멈출 것이다. 기는 비어 있어서 어떤 것을 기다리고 있다. 오직 도만이 비어 있는 것[虛] 속에 축적된다. 비어 있는 것은 마음을 정화시킨다."

마음[心]이 고요한 순간을 '맑아지는 연못의 물과 같다'고 하는데, 마음이 그토록 연못의 물과 같이 진진한 때가 있었던가.

사람을 설득하는 첩경捷徑은 귀로 듣지 않고 마음으로 듣는 것이다.

사람의
마음을
헤아리지
못하는
것

'열 길 물속은 알아도 한 길 사람 속은 모른다'는 속담처럼 사람이 사람의 마음을 헤아린다는 것이 너무도 어려운 일이다. 내가 내 마음도 모르거늘 어떻게 남의 마음을 알 수 있겠는가.
그렇기 때문에 어떤 시인은 '내 슬픈 마음속을 들여다볼 자비로운 하느님이 구름 속에 없는 것일까?'라고 했는지도 모르겠다.

| 얕은 소견과 좁은 도량, 어리석은 문견과 천박한 식견을 가지고는 사람을 헤아릴 수 없고, 먼저 애증愛憎을 마음에 두고 고집을 일삼는 자는 사람을 헤아릴 수 없고, 옛 법에 집착執着하고 방술方術에 빠

진 자는 사람을 헤아릴 수 없고, 자신을 믿어서 능력을 과시하며 말이 요시스럽고 허탄虛誕한 자는 사람을 헤아릴 수 없고, 조급한 마음과 혼미昏迷한 견해를 가지고는 사람을 헤아릴 수 없고, 일을 행함이 미숙하거나 얼굴을 접함이 오래지 않으면 사람을 헤아릴 수 없다.

—최한기「인정」중에서

'마음이 곧 부처(心卽是佛)'라는 말도 있고, '마음 밖에 부처 없다(心外無佛)'라는 말이 있다.

알다가도 모르는 사람의 마음을 헤아리려 하지 말고 그저 '그러려니' 하고 사는 것이 더 속 편할지도 모르겠다.

마음이
있으면
자취도
있고

세상이란 것이 돌고 도는 것이라서 변하지 않는 것은 아무것도 없다. '온전히 아름다운 땅이란 없다'는 말처럼 온전히 아름다운 사람도 없다. 어쩌면 '완전'이란 것 자체가 없는지도 모른다.

| 마음이란 것은 한 몸의 가운데에서 임자 노릇을 하는 것이며, 자취라는 것은 마음이 일을 맞이하고 물건에 닿은 위에서 일어나는 까닭에 이 마음이 있으면 반드시 이 자취도 있는 것이니 갈라서 둘로 할 수가 없다.

—정도전 「심적변心迹辯」 중에서

깨달음에 이르는 길

내가 깨닫기 이전에 강은 강이었고 산은 산이었다. 또 내가 깨닫기 시작했을 때 강은 강이 아니었고 산은 산이 아니었다. 그러나 내가 완전히 깨달았을 때 강은 다시 강이요, 산은 다시 산이다.

—청원유신青源惟信

싯다르타가 어느 날 한 요가 수행자를 만났다. 그는 25년간의 고행 끝에 발을 물에 적시지 않고 강을 건너는 방법을 터득했다. 그 수행자가 자신의 재주를 보이며 우쭐대자 싯다르타가 그에게 다가가 조용히 말했다.

"아까운 시간을 그런 재주를 얻는 데 낭비하다니 뱃사공에게 동전 한 닢만 주면 건널 수 있는 것을."

인종법사가 열반경을 강의하고 있었다. 그때 바람에 깃발이 펄럭거렸다. 그것을 가리키며 대중에게 물었다.

"지금 움직이는 것이 바람인가, 깃발인가?"

사람들이 대답을 놓고 서로 다투자 혜능이 나섰다.

"움직이는 것은 마음입니다. 법은 처음부터 그대로 있습니다."

그 대답을 들은 인종법사가 혜능에게 다시 물었다.

"거사는 어디에서 왔습니까?"

이에 혜능이 대답했다.

"본디부터 온 일이 없으므로 이제 새삼 가는 일도 없습니다."

깨달음을 얻는다는 것은 먼 데 있지 않다. 삶이 숨 쉬고 사는 이 땅 어디에서나 가능하다. 우리는 세상의 모든 것을 너무 복잡하게 만드는 경향이 있다.

> 나는 모든 것이 간단하다고 생각하려는 극도의 필요성을 느낀다. 나는 것이 간단하고, 자라는 것이 간단하고, 목이 말라 죽는 것도 간단하다.
>
> —생텍쥐페리 『인간의 대지』 중에서

진리는 단순하다. 깨달음 역시 곁에 있는 것이다.

"자네는 아직도 그 기회를 기다리고 있는 것인가?"

마티우가 대답했다.

"그렇다네."

"그러면 그 기회라는 것이 저만큼 와 있는지도 모르지."

"그렇다네."

"아니면 그 기회라는 것이 지금 이 문 앞에서 똑똑 문을 두드릴지도 모르지."

"그렇다네."

"그렇지만 말일세, 그 기회라는 것이 전혀 없는 것일 수도 있지 않은가?"

마티우는 한참 생각하다가 대답했다.

"그럴지도 모르지."

"그때 자네는 어떻게 할 셈인가?"

"그때는 내가 한심한 놈이 되고 말테지."

—사르트르 『자유의 길』 중에서

움직이는 것은 마음이고 사랑, 미움, 기쁨, 슬픔은 마음속에 있으며 때와 기회도 마음속에 있을 것이다.

마음이
없으면
보아도
보이지
않고

내 마음은 호수요, 그대 노 저어 오오
나는 그대의 흰 그림자를 안고
옥같이 그대의 뱃전에 부서지리다.
—김동명 「내 마음은」 중에서

모든 것이 마음에서 비롯되고 마음에서 매듭지어진다.

마음이 없으면 보아도 보이지 않고 들어도 들리지 않으며 먹어도 그 맛을 알지 못한다.
—『대학』

| 마음이 편안하면 초가집도 편안하고 마음이 안정되면 나물국도 향기롭다.

―『명심보감明心寶鑑』「존심存心」 중에서

그렇다. 모든 것이 마음먹기에 달렸다.

| 사람은 마음속에 무언가 확고부동하고 항상 마음속을 떠나지 않는 강한 생각을 지니고, 그 생각에 지독히 몰두하면 그 결과 전 세계를 등지고 황야에나 숨어버린 기분이 되고, 모든 사람이 그 본질에는 무관하고 다만 곁을 스치고 지나가는 듯 느끼게 된다.

―도스토옙스키 「미성년」 중에서

| 우리가 세상에 아무것도 가지고 오지 않았으니 또한 아무것도 가지고 가지 못하리.

―『성경』 디모데전서 6:7

나는 누구인가

책꽂이 네 개를 사다가 꽂지 못하고 쌓아둔 책 정리를 한다.

수많은 사람이 쓴 수많은 책. 한 권 한 권의 책마다 얼마나 많은 이야기가 숨어 있고 얼마나 많은 지식과 지혜가 숨어 있는가. 책들이 그러할진대 우주의 축소판이라는 인간의 내면에는 얼마나 많은 이야기가 숨겨져 있을까. 나는 나를 얼마나 알고 있고 그대를 얼마만큼 알고 있을까.

자기 자신을 아는 것이 남을 알기보다 어렵고 스스로를 믿기가 남을 믿기보다 어렵다.

자신을 다스림은 가을 기운을 띠어야 하나 세상을 살아감은 봄기운을 띠듯 해야 한다.

—『회심언會心言』

나는 타인이나 다름없었다. 그것이 존재하는가 느낄 수 없었다.

—사르트르『구토』중에서

사람들이 개나 돼지를 잃어버리면 찾을 줄 알면서도 자신의 마음을 잃어버리고서는 찾을 줄 모른다.

—맹자

사람들은 재물이 쌓여도 쓸 줄을 모른다. 그래서 마음을 졸이고 걱정에 사로잡히면서도 더욱 재물을 쌓으려 애쓰는 것이다. 걱정을 사서 하는 것이라 할 수 있다.

—장자

인간에게는 부질없는 욕심이 많다.

상대를 아는 사람은 현명하다. 자기 자신을 아는 사람은 더욱 현명하다.

—노자

자기 자신을 다스린다는 것, 자기 자신을 제대로 안다는 것이 얼마나 어려운 것인지 그런 의미에서 한 사람의 일생은 자기 자신을 찾아다니다가 결국 영원의 세계로 가는 것일 것이다.

찾으면 찾게 될 것이다. 찾지 않으면 발견할 수 없다.

—소포클레스

꽃
꺾이
그대에게

섬진강의 지류인 보성강에 다녀왔다. 주암댐이 만들어져 그 본래의 모습을 잃어버리긴 했지만 강물은 푸르게 흐르고 있었다.
그 길을 처음 걸었던 것은 초등학교를 졸업하고 첫 번째 가출했을 때였다. 그때는 압록에서 석곡까지 강을 따라 거슬러 올라갔는데 이번에는 태안사 들어가는 들목에서 압록까지 강을 따라 내려가는 길이다.
몇 십 년의 시공을 뛰어넘어 두 개의 추억이 교차했다.

> 잊어버리자고 바다 기슭을 걸어가던 날이 하루 이틀 사흘

—조병화 「추억」 중에서

외로울 때 가끔 부르던 노래 '추억'이라는 시를 지은 조병화 시인이 타계했다는 소식을 듣고 섬진강을 따라 걸으며 일찍 핀 매화꽃과 산수유 가지를 꺾었다. 그 꽃을 꺾고서 후회했다. 가져가서 보는 것이 능사가 아닌데 왜 마음을 비운다면서 이렇듯 집착하는가. 왜 누군가의 말처럼 마음을 비울 것도 없이 마음까지 없애라는 말을 받아들일 수 없는지.

오늘 문득 언짢아진 마음,
들에 핀 꽃을 꺾은 탓입니다.
그 꽃이 무엇이냐고 물으십니까?
그것은 아름다운 작약꽃이었습니다….
꺾지 않고 놓아둔들 그렇지마는
꺾고 보니 서글픈 마음입니다.
꺾었다 하여 아무 데나 버릴 수야 있겠습니까.
몇 가지 고이 묶어 그대에게 바치오니
일지춘一枝春을 그대 머리에 꽂아 두소서.
—소동파

소동파는 들에 핀 작약 꽃에 매혹되어 꺾고서 후회한 뒤 한숨을 쉬었다고 한다.
그대로 두었으면 좋았을 것을 꺾고 나서 후회하는 시간.
하지만 그렇더라도 꽃 꺾어 그대에게 드리고 또다시 후회하더라도 이 봄 봄꽃 한 송이 꺾어 당신에게 드리고 싶은 것이 숨길 수 없는 마음이다.

그저
못 본 체
딴전을
피우며

신비스러운 산이나 오묘한 땅은 고상한 풍류를 지닌 사람이 아니면 만날 수 없다. 이는 조물주가 몰래 보관해두고 보통 사람들에게 경솔히 보이려 하지 않기 때문이다.

화양華陽의 구곡산句曲山이 금릉金陵의 부도浮島가 되는데, 좌원방左元放이 삼 개월간 마음을 가다듬은 다음에야 골짜기가 열렸었다. 또 선경으로 이름난 무릉도원도 어느 어부가 우연히 들어갔던 곳이다. 이렇게 보면 오악을 유람하는데도 두려워서 몸을 움츠리는 사람이야 선경의 울타리나마 볼 수 있겠는가. 현묘한 이치를 탐구하는 것은 오히려 제이의第二義로 떨어지는 것으로, 이는 약초를 캐는 사람이 약초를 가탁

하여 산의 아름다움을 찬양하고, 산의 기이함을 탐방하는 사람이 산을 빙자하여 글을 아름답게 꾸미는 것과 같다.
이처럼 선경이 보통 사람에게 잘 보이지 않는 것은, 산신령이 꼭꼭 숨겨둔 채 그 선경을 영광스럽게 해줄 사람을 기다리기 때문이다.
—도홍경『지비록地泌錄』중에서

‘사람이 때를 모르니 때가 사람을 따를 리 없다’라는 말이 있다. 지금은 때가 사람을 모르는가, 사람이 때를 모르는가 분간할 수 없는 시절이다. 그래서 딴전만 피면서 놀고 있다.
애써 한가하려는 자여! 한가하지 않고 어슬렁거리지 않고서야 어찌 새로운 길을 창조할 수 있고 따라갈 수 있겠는가.

한때
그대에게도
사랑이

가버린 옛 시절이 그리울 때가 있다. 이미 흘러가 버린 강물처럼 기억조차 아스라한 그 세월이…. 사랑이라는 이름으로 혹은 신념이라는 이름으로 가슴앓이했던 그 지난했던 세월이….

나이 스물한 살 때 나는 현자가 말하는 것을 들었다.
왕관과 돈 몇 파운드와 몇 끼니를 줄지라도 마음만은 주지 말라.
진주와 루비를 줄지라도 환상만은 자유롭게 가져라.
그러나 내 나이 스물한 살 때 그런 말을 듣는 것은
아무 소용이 없었다.
—A. E. 하우스먼

여러 사람들이 말한다.
"봉황이 날아온 줄 알았는데 알고 보니 한 마리 참새였어."
그 말처럼 그 사건이, 그 사람이 전체인 줄 알았던 시절이 있었을 것이다.

> 어느 날 그 믿음이 뒤집혀 버린다면 어떻게 할 것인가?

—니체

오랜 세월이 지나고 난 뒤에야 그때 내 곁을 스치고 지나갔던 것들이 얼마나 소중했던가 또는 작고 사소한 일이었던가를 깨닫지만 가버린 세월을 되돌릴 수는 없는 일이다.

> 지나간 것은 다시 그리워지느니

—푸시킨

그저 묵묵히 침묵만 바람에 날려버리는 어쩌면 그것이 단 한 번밖에 살지 못하는 삶의 묘미일 것이다.

자세히
살펴보다

퇴계 이황이 말한다.

"가슴속에 가득 차 있는 의문이나 난해한 부분에 대해서 서로 만나 질문하고 싶은 마음이 반드시 있게 마련이다. 그러나 막상 만나고 나면 그것을 말로 다 표현할 수 없다. 또 며칠 지나고 나면 마음속에 있는 생각과는 다르게 말이 나온다."

퇴계는 이어서,

"얼굴을 마주하고 강론하는 것이 좋기는 하지만, 항상 마음속의 생각을 다 드러내지 못하고 만다. 그러니 의문이 드는 부분을 뽑아 기록해서 벗에게 보내, 전일한 마음으로 자세히 살펴볼 수 있게 하는 것만 못하다."

퇴계의 말이 맞지만 시대가 그것을 허용하지 않는 것 같다. 이메일 역시 편지는 편지이고 그 편지 속에 여러 생각을 보내 또 다른 의견을 구할 수 있을 것인데 실상은 그렇지 못하다. 가끔 생각해보면 과연 실체가 있는 사람에게 보내는 것인지 보이지 않는 유령에게 보내는 것인지 헷갈릴 때가 있다.

퇴계가 다시 말한다.
"헤어진 뒤에 끝없이 합치되는 생각이 있다."

우리의 인연도 역시 그럴 것이다. 옛 시절이 그리워지고 불현듯 보고 싶다.

내가 나를
사랑할 때
혹은
사랑할 수
없을 때

| 나는 가르쳐주려는 것이 아니라 다만 증오할 뿐이다. 남에게 잘 설명해주려는 게 아니라 나를 납득하려고 애쓸 뿐이다.

—외젠 이오네스코

자기 자신을 기쁘게 하지 않는 것이 어떻게 남을 기쁘게 하고 자신에게 감동을 주지 못하는 글이 어떻게 남에게 감동을 줄까.

| 자기 자신의 사상을 믿고, 자기가 볼 때 진실하다고 생각하는 것을 믿고 자기의 마음으로 모든 사람을 믿는 사람이 곧 천재이다.

—에머슨

내가 온전할 때 세상이 온전하고, 내가 세상을 사랑할 때 세상도 역시 나를 사랑할 것이다. 그러나 내가 나를 용납할 수 없을 때, 내가 나를 사랑할 수 없을 때 그러한 때와 그러한 시간이 얼마나 많은지 그것이 가끔 슬프게 하고 절망케 한다.

일체가 마음속에 있다

나한이 법안에게 물었다.

"어디로 가려는가?"

"여기저기 돌아다닙니다."

"무엇하러 돌아다니는가?"

"모르겠습니다."

"모른다는 것이 가장 가까운 말이다."

법안이 작별을 고하니 나한이 물었다.

"일체가 오직 마음이라고 하는데, 저 뜰아래 있는 돌은 마음 안에 있는가, 마음 밖에 있는가?"

"마음 안에 있습니다."

"돌아다니는 사람이 왜 무거운 돌을 가지고 다니는가?"

법안은 말문이 막혔다.

이 의문을 풀기 위해 법안은 나한을 스승으로 모시고 매일 자신의 견해를 말했으나 스승은,

"불법은 그런 것이 아니다"라고 말할 뿐이었다.

한 달이 될 무렵 스승에게 말했다.

"이제 더 이상 드릴 말이 없습니다."

"불법이란 모든 현상의 있는 그대로의 모습이다."

이 말에 법안은 크게 깨달았다.

후에 법안은 때때로 대중에게 이렇게 설법했다.

"진리는 있는 그대로의 모습으로 우리 눈앞에 있다. 그러나 그대들은 이름과 형태로 받아들이고 있다. 그렇게 해서 어떻게 참모습을 찾을 수 있겠는가?"

—『금능청량원문익선사어록金陵淸凉院文益禪師語錄』 중에서

진리가 무엇인지 알지도 못하면서 진리를 찾아 헤매는 것이, 사람으로 태어나 사람답게 산다는 것이 얼마나 어려운가를 나이 먹으면서 절실히 깨닫고 있다.

천하를 다스린다는 것

옛날에 천하에 덕을 밝히고자 하는 자는 먼저 그 나라를 잘 다스리고 나라를 잘 다스리고자 하는 자는 먼저 그 집을 바로 한다. 그 집을 바로 하고자 하는 자는 먼저 그 몸을 닦는다. 그 몸을 닦고자 하는 자는 먼저 그 마음을 바로 한다. 그 마음을 바로 하고자 하는 자는 그 뜻에 성실하다. 그 뜻에 성실하고자 하는 자는 그 총명을 다한다. 지극한 총명은 모든 사물을 구명하는 데 있다.
—『대학』

물건을 바르게 달면 저울대가 평평하고, 그렇지 못하면 저울대가 기울

어진다. 돛이 바람을 잘 받으면 배가 바로 나아가고, 돛이 바람을 잘 받지 않으면 배가 비껴간다. 평평하거나 기운 것과 나아가는 것과 비껴가는 것은 사람에 달렸지 저울대나 배에 달린 것이 아니다. 마음도 이와 같으니 마음이 고요한 사람은 말도 고요하고, 마음이 조급한 사람은 말도 조급하다.

강물이 내는 소리

강물은 두 산 사이에서 나와 바위에 부딪히며 사납게 흘러간다. 그 놀란 파도와 성난 물결, 구슬피 원망하는 듯한 여울은 내달리고 부딪치고 뒤엎어지며 울부짖고 으르렁대고 소리 지르니, 언제나 만리장성마저 꺾어 무너뜨릴 기세가 있다. 만 대의 전차와 만 마리의 기병, 만 대의 대포와 만 개의 북으로도 그 무너질 듯 압도하는 소리를 비유하기엔 충분치 않다. 모래 위에는 큰 바위가 우뚝하니 저만치 떨어져서 있고, 강가 제방엔 버드나무가 어두컴컴 흐릿하여 마치 물밑에 있던 물귀신들이 앞다투어 튀어나와 사람을 놀라게 할 것만 같고, 양옆에서는 교룡과 이무기가 확 붙들어 낚아채려는 듯하다.

어떤 이는 이곳이 옛 싸움터인지라 황하가 이렇듯이 운다고 말하기도 하나, 이는 그런 것이 아니다. 강물 소리는 어떻게 듣는가에 달려 있을 뿐이다. 내 집은 산속에 있는데, 문 앞에는 큰 시내가 있다. 매년 여름에 소낙비가 한차례 지나가면 시냇물이 사납게 불어 항상 수레와 말이 내달리는 소리가 나고 대포와 북소리가 들려와 마침내 귀가 멍멍할 지경이 되었다. 내가 일찍이 문을 닫고 누워 비슷한 것과 견주면서 이를 듣곤 하였다.

깊은 소나무에서 나는 퉁소 소리는 맑은 마음으로 들은 것이요. 산이 찢어지고 언덕이 무너지는 소리는 성난 마음으로 들은 것이다. 개구리 떼가 앞다투어 우는 소리는 교만한 마음으로 들은 것이고, 일만 개의 축이 차례로 울리는 소리는 분노하는 마음으로 들었기 때문이다. 천둥이 날리고 번개가 내리치는 소리는 놀란 마음으로 들은 까닭이요, 찻물이 보글보글 끓는 소리는 놀란 마음으로 들은 때문이다.

거문고의 높은음과 낮은음이 어우러지는 소리는 슬픈 마음으로 들은 것이요, 문풍지가 바람에 우는 소리는 의심하는 마음으로 들었기 때문이다. 듣는 소리가 다 바름을 얻지 못한 것은 단지 마음속에 생각하는 바를 펼쳐놓고서 귀가 소리를 만들기 때문일 뿐이다.

—박지원『산장잡기』「일야구도하기一夜九渡河記」 중에서

모든 것이 마음에서 비롯되고 마음으로 귀결된다. 과거나 현재 그리고 미래도 마음속에 자리 잡은 하나의 생각이다.

과거의 일은 이미 지나가 버렸으니 생각하여 헤아리지 아니하면 과거의 마음이 스스로 끊어지니, 곧 과거의 일이 없다 함이요, 미래의 일은 다가오지 않았으니 원하지 아니하고 구하지 아니하면 미래의 마음이 스스로 끊어지니 곧 미래의 일이 없다고 함이요, 현재의 일은 현재라 일체의 일에 집착함이 없음을 알뿐이니, 집착함이 없다함은 사랑하고 미워하는 마음을 일으키지 않음이 곧 집착함이 없음인지라, 현재의 마음이 스스로 끊어져서 곧 현재의 일이 없다고 하느니라.

―『돈오입도요문논頓悟入道要門論』 중에서

마음이
상한
우리들

"인간 때문에 마음이 상했고, 군중 때문에 마음이 상했다."
"뭐라고요! 주여! 저는 당신 때문에 마음이 상했습니다!"
은하계에 살고 있는 자유로운 우리들, 이에 비하면 답답하리만큼 법률을 지켜야 하는 저 얽매인 사람들의 인생은 얼마나 우스꽝스러운가!
인간들, 그들은 현재 그들 자신을 위해 희생하는 것이 아니라 그들이 될 수 있는 어떤 인생을 위하여 희생하고 있다.
—쌩텍쥐페리 『사색노트』 중에서

신이 있다면, 그 신이 세계를 주재하고 있다면 그래도 인간들은 이렇게 오만무도하게 설쳐댈까.

그대가
바라보는
것

향은 사람의 생각을 그윽하게 하고
술은 사람의 생각을 원대하게 하고
돌은 사람의 뜻을 강하게 하고
거문고는 사람의 뜻을 적막하게 하고
차는 사람의 뜻을 시원하게 하고
대는 사람의 뜻을 서늘하게 하고
달은 사람의 뜻을 외롭게 하고
바둑은 사람의 뜻을 한가하게 하고
지팡이는 사람의 뜻을 가볍게 하고

물은 사람의 뜻을 비게 하고
눈은 사람의 뜻을 넓게 하고
부들로 만든 자리인 포단은
사람의 마음을 상쾌하게 하고
아름다움은 사람들로 하여금 그리워하게 하고
스님들은 사람들을 담담하게 하고
꽃은 사람들을 운치가 있게 한다.

—진계유「미공비급眉公秘笈」중에서

이 세상의 모든 사물이 다 나름으로 역할을 하고 그 질서 속에서 오고 가지만, 저마다 이 세상에 머무는 시간은 다르다.

이 세상에 내 몸을 붙여두는 것이 다시 얼마 동안이나 되겠는가. 어찌 마음 내키는 대로 가고 머무르는 것을 맡겨두지 않으랴. 모름지기 자연의 조화에 따라 살다가 돌아가 다하면 그만인 것을 저 천명天命을 즐겨할 뿐이다. 다시 무엇을 의심하리오.

—도연명「귀거래사歸去來辭」중에서

다
사람의
감정이
정하는 법

꾀꼬리 우는 소리는 아름답다 하고 개구리 우는 소리는 시끄럽다고 하는 것이 보통 인정이다. 아름답게 핀 꽃은 귀여워하고, 잡초가 우거진 것은 보기 싫다고 뽑아버리는 것이 인정이다. 그러나 어느 것이 아름답고 어느 것이 밉다는 것은 다 사람 감정이 정한 것이지 대자연의 넓은 마음으로 본다면 꾀꼬리 울음소리나 개구리 울음소리나 각기 다른 생명의 노래일 뿐이고, 아름다운 꽃이나 잡초나 다 같이 생명 있는 것의 모습일 뿐이다.

—『채근담菜根譚』 중에서

누구를 사랑하는 것도 마음에서 비롯되는 것이고, 누구를 미워하는 것도 그리하다.

| 차라리 남이 나를 저버릴지언정 내가 남을 버리지 말아야 하니, 거리낌 없이 너그럽고 순탄 정직한 마음 갖기를, 좋은 말을 타고 조금도 딴 마음 없이 달리듯 해야 한다.
독서하여 얻는 것은 정신을 기쁘게 하는 것이 최상이요. 그다음은 수용受用하는 것이요. 그다음은 널리 아는 것이다.
마음이 다 기뻐하고 노래할 때는 기쁜 마음이 절로 생기게 된다.
—이덕무『이목구심서耳目口心書』중에서

진입금지
13:00-18:00

사람이
사람을
사랑한다는
것

인仁이란 다른 삶을 향한 사랑이다. 자식은 아비에게 향하고 아우는 형에게 향하고 신하는 임금에게 향하고 목민관은 백성에게 향하여 무릇 사람과 사람이 부드럽게 사랑하는 것, 그것을 인이라 이른다.
—정약용『죽대선생전竹帶先生傳』중에서

다산은 '인仁은 이理가 아니다'고 강변했는데 주자는 인을 '사랑의 이[愛之理]요, 마음의 덕德이다'라고 하였다.

마음이라는 코끼리를 온갖 방면으로 세심하게 주의해서 끌고 간다면 모든 공포는 사라지고 완전한 행복이 찾아오게 된다. 모든 적, 즉—우리 마음의—호랑이, 사자, 코끼리, 곰, 뱀 그리고 모든 지옥의 파수꾼들, 즉 악마와 공포, 이 모든 것을 당신의 마음이 지배하고 마음으로 길들여 모든 것을 다스릴 수 있다. 온갖 공포와 측량할 수 없는 슬픔은 마음에서 우러나오기 때문이다.

—샨티데바

각각의 마음속엔 호랑이, 돼지, 당나귀, 나이팅게일이 있다. 성격이 다양한 것은 이것들의 활동이 제각각이기 때문이다.

—앰브로스 비어스

제각각의 사람과 사람이 인연을 맺고 살아가면서 변함없이 사랑하고 그리워하며 사는 것이 얼마나 어렵고 힘든 일인지 새삼 깨닫는다.

바람을
기다리는
마음

바람은 어디메쯤 불어오는가?
바람을 기다리는 마음 안타까워라.
이 밤엔 꼭 바람이 있을 것이라곤 하지만
—김정희

'바람이 분다, 살아야겠다'라고 노래한 어느 시인의 시구절처럼 우리가 기다리는 것은 바람뿐만이 아닐 것이다.
오늘도 무언가를 기다리며, 기다리는 그 순간 스치고 지나간 그 무언가의 끄트머리를 아쉽게 바라본다.

스스로를 말함

사람이란 변할 수 있을까?

변할 수 있는 것이 있고 변할 수 없는 것도 있다. 만일 어떤 사람이 어려서부터 장난하지 않고 망령되고 허탄하지 않으며 성실하고 삼가며 단정하고 정성스러웠는데, 자라서 어떤 사람이 권하여 말하기를 '너는 세속과 화합하니 세속에서 너를 용납하지 않을 것이다'라고 하므로 그도 그렇기 생각하여, 입으로는 저속하고 상스러운 이야기를 하고, 몸으로는 경망하고 부화한 일을 행하였다.

이와 같이 사흘쯤 하고는 축연蹙然히 기쁘지 않아서 말하기를, '내 마음은 변할 수 없다. 사흘 전에는 내 마음이 든든한 듯하더니 지금은 텅 빈 것 같다' 하고는 드디어 처음으로 되돌아갔다. 이욕을 말하면 기운이 없어지고, 산림山林을 말하면 정신이 맑아지며, 문장을 말하면 마음이 즐겁고, 도학道學을 말하면 뜻이 정돈된다.
완산完山 이자李子는 옛날 도道에 뜻을 두어 오활하다. 그래서 산림, 문장, 도학에 관한 이야기를 좋아하고, 그 나머지는 들으려 하지도 않고, 또 들어도 마음에 달갑게 여기지도 않으니 대개 그 바탕을 전일專一하게 하고자 하는 사람이다. 그렇기 때문에 선귤을 취하고, 말하는 것이 고요하고 담박하다.

—이덕무 『청장관전서靑莊館全書』 중에서

내가 나를 말한다면 그대가 그대를 말한다면 어떤 사람이라고 말할 것인가.

"사방으로 통하는 길거리와 큰길 가운데에도 또한 한가함이 있으니. 마음이 진실로 한가하면 어찌 반드시 강호江湖여야 하며, 산림山林이어야 하랴! 나의 집은 시장 옆에 자리하여 해가 뜨면 마을 사람들이 모여 소란騷亂하고, 해가 지면 마을의 개들이 모여 짖어대지만, 나는 다만 편안하게 글을 읽는다.
때로 문을 나서면 달리는 자는 땀을 흘리고, 말을 탄 자는 달려가고, 차와 말이 섞이어 오간다. 나는 홀로 천천히 걸어가 일찍이 소란함으로 해서 나의 한가함을 잃지 않았으니 나의 마음이 한가하기 때문이다. 저들은 마음이 소요騷擾하지 않은 자가 적으니 그 마음이 각기 경영하는 것이 있기 때문이다. 장사하는 자는 저울눈을, 벼슬하는 자는 영욕을 다투고, 농사하는 자는 밭 갈고 김매는 일에, 돈벌이에 급급하여 날마다 생각하는 것이 있으니, 이 같은 사람들은 비록 영릉零陵의 남쪽 소수瀟水, 원수沅水의 사이에 놓아둔다 하더라도 두 손을 깍지 끼고 앉아 졸면서 생각하는 것을 꿈꿀 것이니, 어찌 한가할 수 있겠는가? 그러므로 나는, 마음이 한가하면 몸은 저절로 한가하여진다."

이렇게 말한 이덕무의 말에 일리가 있게 느껴진다.

남들이
더러운
방이라
하지만

남쪽으로 창문 두 개가 열려 있는 손바닥만 한 방 안으로 한낮의 햇볕이 내리쪼이니 밝고도 따뜻하여라. 집에 벽은 세워두었으나 책만 가득하데, 낡은 잠방이 하나와 아름다운 계집만이 짝이 되었다네. 차 반 사발 마시고, 향 한 개를 피워놓고, 벼슬 버리고 할 일 없이 천지고금을 굽어보고 우러러보고 사람들은 더러운 방이라 하여 거처할 수가 없다고 하지만 내 한번 빙 둘러보니, 바로 하늘나라가 여기로구려. 마음과 몸이 편안한데 누가 더럽다고 하는가, 몸과 명예가 썩어버린 것이 더러운 것이리라. 다북쑥이 우거져 온 집이 파묻힌다 해도, 군자가 살고 있으니 어찌 더럽다 하겠느냐.

—허균

이틀간의 여행을 끝내고 늦은 밤에 돌아와 책으로 가득한 방에 누우니 문득 허균의 글 한 편이 떠올랐다. 의도했든 의도하지 않았든 나의 운명은 책으로부터 비롯되었고 책과 함께 살아갈 수밖에 없다. 그러다 보니 방은 항상 어지럽기만 하다. 생각의 근원이고 삶의 기둥인 책들이 이 순간도 내 정신 속에서 떠나지를 않는데 행여라도 방을 들여다 본 사람은 어지럽다고 말하지 마시오.

나의
삶은
운명인가

| 가장 절망적인 것은 가장 아름다운 것, 나는 그 불멸의 노래를 알고 있나니, 그것은 순수한 흐느낌일세.

―뮈세

우리가 희망이라고, 그리움이라고 하는 것이 결국 수많은 절망과 환난을 극복하고 나아갔을 때 만나는 것일 것이다.

| 사람이 태어나자마자 명命이 있어 각각 정한 것이 있거니, 마음을 정하고 뜻을 넓힘이여! 내 무엇을 두려워하랴?

명은 정리이다. 말하자면 인생은 각각 하늘의 이치[天理]를 타고나는데, 어진 사람은 그의 아끼는 바 본분을 지키는 까닭에 더욱 그 착하고자 하는 마음[善]을 안정시키고, 그 회포를 너그럽게 하며, 숭상하는 그 뜻을 광대하게 하고, 그 결렬決裂한 기운을 분발시키는 것이니, 어찌 소인이 나를 해할 것을 염려하여, 놀라고 두려워하여 정도正道에 스스로 처하지 않겠는가? 이른바 본래 환난患難에 처해서는 환난을 행한다.

—김시습『매월당문집』중에서

인간의 위대성을 나타내는 공식은 운명애運命愛이다. 필연적인 것은 감내해야 하고 사랑해야 한다.

—니체

운명애가 우리의 삶인 것이다.

운명이 강요하는 것을 인간은 감수해야 한다. 바람과 물살에 역행하는 것은 소용없다.

—셰익스피어

그게 바로 인간들의 숙명이자 삶의 길이다.

모든 것이
욕심에서
비롯되고

사람의 정신은 맑은 것을 좋아하는데도 마음이 흔들리고, 마음은 고요함을 좋아하는 데서 욕심이 비롯된다. 언제나 욕심만 버릴 수 있다면 마음은 언제나 고요해지고 마음만 밝게 갖는다면 정신은 저절로 맑아지는 것이다.

—허균『한정록閑情錄』「도서전집道書全集」중에서

길을 나설 때도, 잠시 머무는 집으로 돌아올 때도 버려야 하면서 버리지 못하는 그 무엇이 있다.

지날 일 돌이켜 생각함도 미혹된 일이요. 장래를 미리 점치는 것 역시 어리석은 일. 만사를 눈앞에 닥칠 때까지 내버려둔 채 조촐하니 마음 밭이나 가꾸자.

—홍주세 「한가할 때(閑中)」 중에서

무엇이
우리를
슬프게
하는가

긴 한숨에 눈물 닦으며, 사람의 사람 다난함이 슬퍼라.
나는 고운 것 좋아했기에 속박받아,
아아, 아침에 간하고 저녁에 쫓겨났어라.
내 쫓겨남은 혜초 띠 때문, 게다가 백지를 가지고 있어서여라.
하지만 내 마음의 착함은, 아홉 번 죽어도 변함없으리.
원망스러워라 임의 분별없으심, 끝내 사람 마음 살피지 않고
나더러 음란타고 헐뜯어 대누나.
진정 요즈막 세속의 재주는, 그림쇠 버리고 마음대로 고치며
먹줄 두고 굽은 길 따라, 다투어 비위 맞추기 일쑤여라.
—굴원

기원전 343년쯤 태어났을 것으로 추정하는 굴원이 살았던 시대나 지금이 별반 다르지 않아 요즘도 바른말 하면 해를 입기 일쑤이고 윗사람 비위를 잘 맞추어야 살기 편한 것은 변하지 않는 세상의 이치인지도 모른다.

세상이
온통
내 마당인데

산루山樓에서 멀리 바라보니 한눈에 다 보이는데, 그윽한 대나무 숲을 찾아들어서니 서린 풍경에 마음이 곧 취해버리고 마네. 집의 처마와 기둥은 높이 솟았고, 창과 문은 연이어져 넓은 들의 풍요를 받아들이고, 사철 변하는 변화무쌍한 광경을 거두어들이네. 오동나무 그늘은 대지를 덮었고 느티나무 그늘은 마당을 가득 찼네. 둑을 따라 버드나무 심고 집 둘레에 매화 심었네. 대숲 안에 오두막 짓고 한줄기 시냇물이 멀리 흘러가고 아름다운 담장이 절벽을 이룬 곳은 숲이 우거졌네. 이들은 다 사람이 만든 것이긴 해도 하늘이 만든 모습이 완연하다네.

—계성『원야園冶』중에서

비가 내리고 비에 젖은 아스팔트 도로를 달리는 자동차 소리를 들으며 밖을 바라보면 베란다 창문 너머 활짝 핀 솔잎 꽃, 무엇이 죽고 사는 것인지 아니, 무엇이 옳고 무엇이 그른지 도무지 분간조차 할 수 없는 시간 속에서 서성거린다.
세상이 내 것이고 지금 들리는 모든 소리, 보이는 모든 것이 내 것이면서 내 것이 아닌데 무엇을 갈구하는가.

별것도
아닌
주제에

가난해서 반 푼의 돈도 저축하지 못한 주제에 천하의 가난에 시달리는 사람에게 은택을 베풀려 하고, 노둔해서 한 부部의 책도 통독하지 못한 주제에 만고의 경사經史와 총패叢稗를 다 보려 하니, 이는 오활한 자가 아니면 바로 어리석은 사람이다. 아, 이 덕무야! 아, 이 덕무야! 바로 네가 그렇다.

—이덕무 『청장관전서青莊館全書』 「선귤당농소蟬橘堂濃笑」 중에서

문득 내 이야기 같아 읽으면서부터 마음이 편치가 않다.
우리가 무엇을 가졌겠으며 얼마나 안다고 하겠는가.
조금 알면서 얼마나 난 체를 했는지….

절실한
시는
음률과
같다

천지의 정기正氣를 얻은 것이 사람이요, 한 사람의 몸을 맡아 다스리는 것이 마음이며, 사람의 마음이 밖으로 펴져 나온 것이 말이요, 사람의 말이 가장 알차고 맑은 것이 시詩이다. 마음이 바르면 시가 바르고, 마음이 간사하면 시도 간사해진다. 그러므로 학문과 덕행에 높은 선비들이 시에 많은 공을 들였다. 두시杜詩에 "만권 서적을 독파하니, 글에 신기神氣가 서려 있도다" 하였다.

시가 사람에게 절실함이 또 음률과 같다. 사람으로 하여금 마음을 맑게 하고, 사람을 허심탄회하게 하며, 사람이 나쁜 마음을 가지지 않게 하고, 사람에게 호연浩然의 기상을 길러, 천지에 넘치는 삼라만상森羅萬

象을 모두 파악하며, 표현하면서도 옛사람의 자연과 일체가 되는 경지를 얻기가 힘드는 그러한 시는, 반드시 힘써 생각하고, 공을 쌓은 뒤에라야 그 만분의 일에라도 가까워질 것이다.

—남효온 『추강냉화秋江冷話』 중에서

오래전부터 시를 좋아해서 수백여 편을 써서 책꽂이 한편에 꽂아 두고 어쩌다 한 번씩 들여다본다. 그런데 낯설게 느껴지는 순간이 있다. 그러다 이 시들이 활자화되어 남의 눈에 읽히지 못할지도 모른다는 생각에 서글퍼지지만 그 순간만 지나면 아무렇지도 않다.

현실에 충실했던 시라면 설령 남에게 읽히지 못하더라도 처연하게 아름다운 대상으로 남는 것은 아닐지.

마음이 바르면 시도 바르고, 마음이 간사하면 시도 간사해진다는데, 요즘 시인들의 근황은 어떠한지.

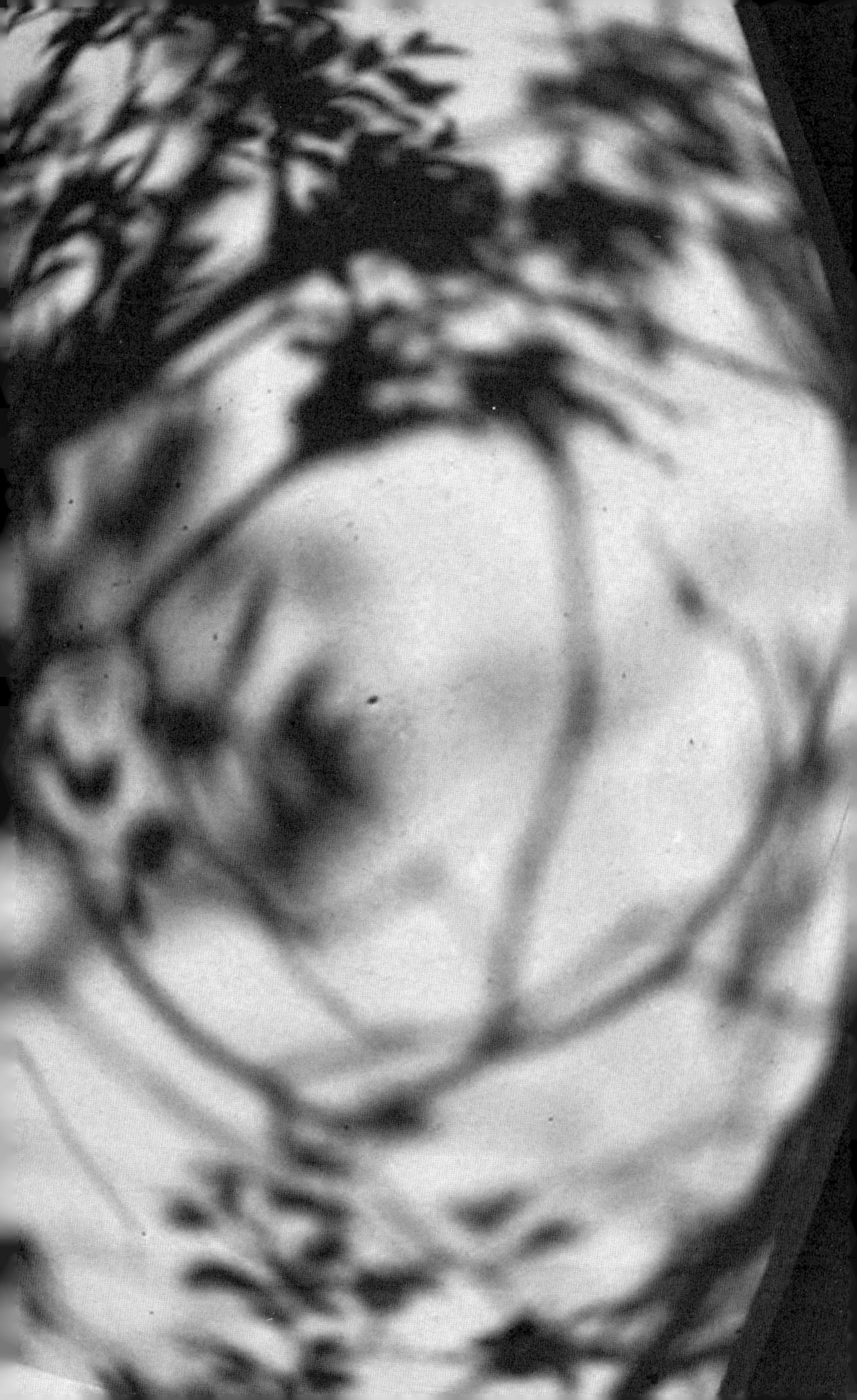

어느 것이
옳고
그른가

수원 기생이 손님을 거절하였다는 죄로 볼기를 맞고, 여러 사람에게 말하기를 "어우동於宇洞은 음란한 것을 좋아하여 죄를 얻었고, 나는 음행을 하지 않음으로써 죄를 얻었으니, 조정의 법이 어찌 이처럼 같지 아니한가" 하니 듣는 사람들이 모두 옳은 말이라고 했다.

—성현『용재총화慵齋叢話』중에서

세상의 법도 그러하거늘 갈대처럼 흔들리는 사람의 마음이야 오죽하랴. 마음 역시 하루에도 얼마나 여러 번 흔들리고 또 흔들리는지, 그래서 이것인가 싶으면 저것이고 저것인가 싶으면 저만큼 달아나버리니, 그래서 하루에도 몇 번씩 고개를 갸웃거린다.

마음을 보존하는 길

말을 삼가 그 덕德을 기르고 음식을 절제하여 그 몸을 기른다. 일은 지극히 간단하나 그 관계되는 바가 지극히 큰 것은 말과 음식보다 더한 것이 없다.

―주희『근사록近思錄』중에서

말은 삼가고 음식은 절제해야 한다. 맞는 말이다. 가끔 과식을 하게 되면 저녁 내내 불편을 겪는다. 말은 또 어떠한가. 오늘 하지 않으면 큰일 날 것처럼 있는 말 없는 말 다 하고서 아침에 일어나 후회한다.
언제쯤 음식과 말에서 자유스러워질 수 있을까.

잃어버린 마음을 찾는 길

마음이 빈 듯 허전한 때, 바람이 불지 않는데도 세상이 흔들리듯 흔들리고 먼발치에선 당신이 이렇게 저렇게 흔들리는 것을 감지하고 있다. 가끔 말하곤 했지. '나는 세상에 흔들리는 모든 것들을 사랑한다'고, 헤매지 않고 흔들리지 않고서 무엇을 얻을 수 있을까.

여여숙呂與叔이 말하기를
"생각이 많아 쫓아버릴 수 없는 것에 시달렸습니다."
이 말을 들은 정명도 선생은,
"그것은 바로 무너진 집에서 도둑을 막는 것과 같다. 동쪽에서 들어온

한 사람의 도둑을 아직 쫓아내지 못하였는데, 서쪽에서 또 한 사람의 도둑이 들어와 전후좌우로 쫓기어 한가할 새가 없다. 대개 사면이 비어 있으면 도둑이 본래부터 들어오기가 쉬운 것이니, 그것은 집주인이 되어 지키는 사람이 없기 때문이다. 또한 빈 그릇에 물을 부으면 물은 자연스럽게 들어간다. 만약 한 그릇의 물이 차 있는 것을 물속에 놓아둔다면 물이 어떻게 들어갈 수 있겠는가, 대개 안에 주인이 있으면 실實하고, 실하면 밖의 우환이 들어올 수 없으므로, 자연히 무사하다."

—주희 『근사록近思錄』「잃어버린 마음을 찾는다면」 중에서

마음으로 사귄 친구

장기나 바둑으로 사귄 친구는 하루를 가지 않고, 음식으로 사귄 친구는 한 달을 가지 않고, 세리勢利로 사귄 친구는 일 년을 가지 못한다. 그러나 오직 도의道義와 마음으로 사귄 친구는 그 몸을 마칠 때까지 간다.

—이수광 『지봉유설芝峯類說』 중에서

사람과 사람이 만난다는 것, 가끔은 부질없다고 생각되지만 결국 삶이란 어느 시절에 누구를 만났는가로 귀결되고 완성되는 것임을 깨닫고 만난 소중한 사람들을 한 명씩 떠올릴 때가 있다. 지금 문득 보고 싶고, 당신 역시 그립다.

매일매일
남겨진
숙제들

매일매일 하는 일들이 가끔 숙제라는 생각이 든다.
읽고 있는 모든 책, 쓰고 있는 모든 글이 억누른다. 억압하는 시간이 많을수록 좋은 결과물이 나오면 좋으련만 실상 그렇지 않은 것이 문제이다. 여행 길에 동행할 책 한 권이 사라져 오후 내내 두리번거렸는데도 보이지 않았다. 포기하고 무심히 책장을 바라보자 보이는 그 책.
너무 여러 가지에 연연해하는지도 모른다. 좀 더 무심해질 것. 나라는 것도 가끔 잊어버리자. 그래도 벗어나지 못하는 그 무엇이 있다.

> 일은 남김없이 행사하지 말아야 할 것이요, 세력은 남김없이

의지하지 말아야 할 것이요, 말은 남김없이 하지 말아야 할 것이요, 복은 남김없이 누리지 말아야 할 것이다. 그리고 마음에 쾌한 일은 작위作爲로 하지 말고, 편의한 곳에는 다시 가서는 안 되고, 득의한 곳으로부터는 일찍 머리를 돌릴 것이다.

—장무진「착복설」중에서

어떤 일이든 과유불급이며 분에 넘치면 좋은 일이 없다.

모든 것이 꿈과 같고 환상과도 같고 물거품과 같고 그림자와도 같으며 이슬과도 같고 번개와도 같다.

—『금강경金剛經』중에서

자유
그 영원한
화두

사람들이 현자賢者에게 물었다.

"지고한 신이 드높고 울창하게 창조한 온갖 이름난 나무 가운데, 열매도 맺지 않는 삼나무를 빼놓고는 그 어느 나무도 '자유의 나무'라고 부르지 않으니 어찌된 영문입니까?"

현자는 대답하였다.

"나무란 저 나름의 과일과 저 나름의 철이 있어 제철에는 싱싱하게 꽃을 피우나 철이 지나면 마르고 시들기 마련이다. 삼나무는 어느 상태에도 속하지 않고 항상 싱싱하니, 자유로운 사람들, 즉 종교적으로 독립된 사람들은 바로 이런 천성을 지녔다. 그러니 그대들도 덧없는 것에 마음을 두지 말아라. 칼리프들이 망한 다음에도 티그리스 강은 바그다드를 뚫고 길이 흐르리라. 그대가 가진 것이 많거든 대추야자처럼 아낌없이 주어라. 그러나 가진 것이 없거든 삼나무처럼 자유인이 되어라."

—사아디 『굴리스탄[화원]』 중에서

저마다 다른 특성을 지닌 나무들이 있다. 잎을 피우고, 꽃을 피우고, 열매를 맺는다. 개중에는 꽃도 없이 열매를 맺는 무화과도 있다. 그렇듯이 세상의 모든 생명 있는 것은 제 나름의 질서에 따라 살아간다. 바꿔 말하면 잎이 지는 참나무도, 잎이 늘상 푸른 소나무도 저마다 삶의 존재 양식이 있다.

사람들 역시 다르지 않다. 저마다 독특한 특성으로 자신만의 자유를 고수하며 한생을 산다.

"분명히 해둡시다. 나한테 윽박지르면 그때는 끝장이오. 결국 당신은 내가 인간이라는 것, 인정해야 한다 이겁니다."

"인간이라니, 무슨 뜻이지요?"

"자유라는 거지."

—니코스 카잔차키스 『그리스인 조르바』 중에서

저마다 다른 자유를 구가하며 살면서도 삶의 방식에 순간순간 혼란을 느낀다. 무엇이 옳은지 그른지 분간할 수 없는 시대를 살고 있다. 혼돈이라고 밖에 부를 수 없는 이 상황을 무어라고 표현할까마는, 변하지 않는 것은 시구절에나 있다.

나라는 망해도 산과 강은 변함이 없다.

—두보

지금도 강물은 유유히 흐르는데 그 강물을 바라보는 우리의 마음은 자유로운가.

나의
기쁨이
그대의
기쁨

가끔 아는 사람이 아무도 없는 낯선 곳에서 책도 신문도 방송도 없는 미지의 곳에서 아무런 생각 없이 잠시나마 머물고 싶다.
강이 보이는 곳이 아니어도 깊숙한 산골이 아니어도 아무렇지 않다. 그저 누워서 한없이 흐르는 구름을 바라보거나 스치는 바람에 온몸을 맡기고 싶다.
그곳에서 그대에게 읽자마자 잊어도 좋을 그런 편지를 쓰고 싶다. 가벼워 금세 날아가 버릴 것 같은 그런 편지를 받고 그대의 눈자위에 번질 미소를 생각하며 한없이 게으르게, 진정으로 게으르게 누워 있고 싶다. 그런 마음과 비슷한 마음으로 편지를 쓴 사람이 있다.

저는 여기 티파사에서 사나흘 간 머물 예정입니다. 폐허로 가득한 이 시골에서 정처 없이 거닐기도 하고 구애받지 않으며 게으름을 피우고 있습니다. 이곳은 온통 파랑과 노랑으로 뒤덮여 있습니다. 저를 완전히 압도하는 이 황홀경 속에서 지난 몇 달간 잊어버렸던 마음의 평온을 어느 정도 되찾게 되었습니다. 지금 제가 느끼는 이 기쁨을 조금이나마 선생님께 전해드리고자 급히 몇 자 적어보았습니다.
—알베르 카뮈

알베르 카뮈가 스승인 장 그르니에에게 1935년 8월 21일 티파사에서 보낸 편지의 일부분과 같이, 진정으로 나의 기쁨이 그대의 기쁨이 되는 그러한 순간을 맛보고 싶다.

마음의
평화라는
그 연약한
꽃

가끔은 누군가에 혹은 무엇인가에 분노한다. 분노의 상처가 아물면서 아름다움이 될 경이의 순간을 기다리지만 세상은 항상 그 기다림을 배반하고 부정한다.

병에 시달리는 게 제 일은 아닙니다. 다만 저에게 익숙한 것이지요. 그렇다고 진실로 편안한 것은 아닙니다. 저는 대개 이를 악물고 참고 있습니다. 억지로 일을 하지요. 그리고 그 병이 늘 저에게 부정의 힘을 깨어나게 해주고, 그러면 이제 균형을 되찾았다는 판단이 서게 되지요.

—알베르 카뮈

| 눈길을 돌리는 것이 나의 유일한 부정이 될 것이다.

—니체

부정 속에서 긍정을 발견하는 알베르 카뮈의 글을 읽으며 부정과 긍정이 어느 순간 균형을 이룰지도 모른다고 생각하면서도, 니체의 말을 따르리라 하면서도 왜 이렇듯 부정의 칼날을 매일 시퍼렇도록 가는 것일까.

| 마음의 평화라는 그 연약한 꽃은 잠시만 피어 있는 것이다.

—횔덜린

오히려 위의 글에 고개 끄덕여진다.

사람답게 사는 일

아버지는 어릴 적부터 말과 의론이 정연하셨다. 겉으로만 근엄하고 속마음은 그렇지 못했다. 그래서 겉과 속의 마음이 다른 자나 권력의 부침浮沈에 따라 아첨하는 자들을 보면 참지 못하셨으니, 이 때문에 평생 남의 노여움을 사고 비방을 받는 일이 아주 많았다. 외삼촌 이재성(지계공)이 쓴 제문祭文을 보면

가장 참지 못한 일은
위선적인 무리와 상대하는 일.
그래서 소인배와 썩은 무리가

늘 원망하고 비방했었지.

라고 하셨으니 이 제문은 아버지의 진면목을 드러낸 글이라 할 만하다.
—박종채 『과정록過庭錄』 중에서

사람이 산다는 것은 결국 단 한 번뿐이다. 그러한 '삶'을 스스로의 의지대로 사는 것이 최선의 삶이고, 그렇다는 전제 하에서 볼 때 스스로의 뜻대로 해서 발생한 상황에 견디는 건 어쩔 수 없는 인간의 숙명이다.

| 길이 멀어야 말의 힘을 알 수 있고 날이 오래 지나야 사람의 마음을 알 수 있다.
—공자

어쩌면
존재하지
않을지도
모르는
죽음

태어나고 죽는 것이 그러하듯이 어느 날 느닷없이 불행도 오고 행복도 온다. 우리가 기다리는 어떤 불가사의한 것이나 사사로운 것은 환상이거나 전혀 없는 것일지도 모른다.

> 인생의 저 너머란 존재하지 않는다. 죽음은 인생의 최종 현상이지만, 역시 인생이다.
>
> —사르트르 『존재와 무』 중에서

죽음조차도 끝이 아닌 진행형일 때 여러 가지 사회현상이나 개인에게 일어나는 모든 것을 어떻게 규정지을 수 있을까.
아래 글에 수긍하는 편이 나을지도 모른다.

| 인간에게는 슬픔이 있으면 기쁨이 있고, 헤어짐이 있으면 만남이 있는 법이니, 마치 달이 구름이 낄 때가 있으면 맑을 때가 있고, 둥글 때가 있으면, 기울 때도 있는 것과 마찬가지다. 만사가 예로부터 완전하기란 힘들다.

—소식 「수조가두水調歌頭」 중에서

삶이 여기저기 허점투성이인 듯싶은데도 '어쩔 수 없지' 하면서 마음을 내려놓고 아무런 일도 없다는 듯이 잘 지내다가 어느 순간에 불현듯 깨어나, '이게 아닌데' 중얼거리거나 아니면 중얼거릴 시간적 여유도 없이 어디선가 부풀대로 부푼 풍선이 터지듯 터진다. 격렬하게, 눈이 부시게 그리고 어느 날 잠잠해진다. 그리곤 아무런 소리도 들리지 않는다.

| 기쁨에 대한 추억은 이제 더 이상 기쁨이 아니다. 하지만 슬픔에 대한 추억은 여전히 슬픔이다.

—바이런

지금 가는
길이
내
길일까?

그대의 마음이 곧 부처이다. 절대로 의심하거나 망설이지 말라. 마음이 생겨나면 온갖 것이 생겨나고, 마음이 소멸하면 온갖 것이 소멸한다. 내가 떠나거든 조문을 받거나 상복도 입지 말라. 그러면 나의 제자가 아니리라. 움직임도 없고, 머무름도 없고, 발생도 없고, 소멸도 없으며, 가는 것도 없고, 오는 것도 없고, 긍정도 없고, 부정도 없고, 머무는 일도 없고, 가는 일도 없고, 이름도 없고, 글자도 없으리니.
—혜능 「작별」 중에서

걸어가야 할 길을 바라보니 걱정이 앞선다. 길벗이 있는데도 떠난다고 생각하니 문득 외롭다. 누군들 외롭지 않으랴마는 그 외로움은 끝이 없는 외로움이고, 그 외로움 때문에 사람들은 가끔 길 위에서 서성이면서 이러저러한 일들을 계속 모색하는지도 모른다. 길은 끝이 없이 이리저리 뻗어 있는데 지금 가는 길은 어떤 길일까.

그대를
그리워하듯

한 그루 나무에도 한 포기 풀에도 하나의 돌멩이에도 영혼이 있다고 여기는 사람이 니코스 카잔차키스의『그리스인 조르바』의 주인공 조르바였다.
모든 사물에 영혼이 깃들어 있다고 할 때, 누가 사물을 하찮게 여기겠는가. 모든 것에 경외감을 표하고 섬기는 자세로 대하면 그 사물들도 역시 그렇게 바라보는 사람에게 경외감을 표할지도 모른다.

| 술은 자신을 알아주는 자를 만나 마실 것이요,
시詩는 알아주는 사람을 향하여 읊을 것이니라.

서로 알고 지내는 자가 천하에 가득하다 해도
마음까지 알아주는 자가 그 몇이나 되겠는가?

—『현문』 중에서

지상의 많은 사람 가운데 서로 알고 지내는 사람은 많아도 마음속 깊은 곳까지 알고 지내는 사람이 과연 몇 명이나 되는가. 그가 그대를 그리워하듯 그대도 그를 그렇게 가슴 아리게 그리워하고 있는가.

내 마음은
가을달인가

생각하고 있는 것이 과연 옳은지 아니면 틀린 것인지 분간할 수 없을 때가 있다. 이리 보아도 저리 보아도 자세히 보이지 않고 안개 속 같은 세상 풍경도 그렇지만 도대체 알 수 없는 사람의 마음이다.
나를 제대로 알 수 없는데 어찌 그대의 깊은 마음을 알 수 있겠는가. 그저 그 마음의 언저리에서 맴돌기만 할 뿐이다.

내 마음은 가을 달인가,
내 마음은 가을 물인가,
어느 것에도 비할 수 없거니
어떻게 내게 말하라 하는가?
—한산자

마음이 어둡고 산란할 땐 가다듬을 줄 알아야 하고,
마음이 긴장하고 딱딱할 땐 놓아버릴 줄 알아야 한다.
그렇지 못하면 어두운 마음을 고칠지라도
흔들리는 마음이 다시 병들기 쉽다.

—『채근담』 중에서

놓기도 힘들고 들기도 힘든 마음을 가누고 사는 것이 이다지도 힘든 것인가 보다.

행복은
어디에
있는가

우리는 시시각각 행복과 불행을 느낀다. 신기한 것은 행복과 불행의 차이가 그리 크지 않다는 것이다.

> 행복이란 습성習性이다. 그것을 몸에 지니라.

—허비트

> 습관習慣이 오래되면 품성이 된다.

—박지원

우리는 어떨 때 행복한가?

행복을 위해서는 얼마나 작은 것으로도 충분한가! 정확히 말해 최소한의 것, 가장 부드러운 것, 가장 가벼운 것, 도마뱀의 살랑거리는 소리, 하나의 숨소리, 하나의 날갯짓, 하나의 눈짓… 작은 것들이 행복을 이루고 있다. 침묵하라.

—니체 『차라투스트라는 이렇게 말했다』 중에서

행복의 반대 개념인 불행도 마찬가지이다. 아주 사소한 것, 눈에 보이지도 않는 작은 것들이 마음속에서 요동치며 큰 파도를 만들어낸다.

행복을 찾아다니지 말라. 그것을 찾아다니면 발견하지 못할 것이다. 찾아다닌다는 것은 행복과 대립된 위치에 있기 때문이다. 행복은 언제나 교묘히 달아난다. 하지만 불행으로부터의 자유는 지금 이 순간 얻을 수 있다.

—에크하르트 톨레 『NOW』 중에서

불행도 행복도 지금 바로 이 순간 마음속에 있다.

각자는 자기 운명을 만드는 사람이다.

—세르반테스

바로 지금이지, 다른 시절은 없다.

—임제선사

산수에
맑은 소리
있으니

가끔은 혼자이고 싶어서 그저 지나가는 사물을 바라보고 싶어서 버스를 타고 한없이 가보는데 차 안에서까지 소란하다.
하지만 어디 그런 풍경이 차 안뿐일까. 여기가 그렇고 저기가 그렇고 바라보면 세상은 항상 떠들썩하다. 그것도 세상의 한 풍경이려니 하고 말문을 닫는다.

| 양무제의 장자인 소명태자昭明太子가 제현諸賢들과 함께 현포지에서 뱃놀이를 하였는데, 사람들이 마땅히 여악女樂을 갖추어야 한다고 떠들어댔다. 태자가 처음에는 아무 말 없이 좌태충左太沖의 다음

과 같은 초은시招隱詩만을 외었다.

"하필 음악이 있어야 되는가, 산수山水에 스스로 청음淸音이 있는 것을."

—허균『한정록』 중에서

또한 옛사람의 글에 뱃놀이에 관한 글이 다음과 같이 실려 있다.

꽃을 즐기려면 관대한 마음을 가진 벗이 있어야 하고, 가기歌妓를 보려고 청루靑樓로 가려면 같이 가기에 적당한 친구를 얻어야 한다. 높은 산을 오르는 데는 로맨틱한 벗을 얻지 않으면 안 되고, 뱃놀이를 즐기려면 포용력이 큰 친구가 없어서는 안 된다. 달을 대할 때에는 냉철한 철학을 지닌 친구가 필요하고 눈[雪]을 손꼽아 기다릴 때는 아름다운 친구가 있어야 한다. 술좌석[酒席]에선 풍취와 매력 있는 친구가 없어서는 안 된다.

맑은 마음이 있는 곳에 맑은 소리가 있고 맑은 소리가 있는 곳에 맑은 마음 있으리니, 세상은 어둡고 깊은데 어디에서 맑은 마음을 만날 것인가.

내가
구름이
되는
시월에

| 근래에 온 편지는 있어도 답을 보낸 일은 없으니 태만해서가 아니라 편지가 있는 것도 마음이요, 답이 없는 것도 마음일지니, 마음이 어찌 둘이 있겠는가.

—김정희

위의 글은 추사가 귀양지인 제주 대정현에서 초의 선사에게 보낸 편지 가운데 한 구절이다.

무소식이 희소식이라고 소식이 없어도 아무렇지도 않게 하루하루를 영위하는 가운데 벌써 시월이다. 시월에는 가슴이 시리도록 푸른 하늘과 함께 흰 구름이 더없이 좋은 계절이다.

하늘에 하얀 구름이 하나둘씩 피어나면 푸른 잔디에 누워서 가을 구름을 바라보는 것, 시월에 느낄 수 있는 가장 운치 있는 일 중 하나이다. 그렇기 때문에 구름을 그토록 사랑했던 시인은 말했다.

> 일 년 중 다른 계절에 나는 어딘가에 숨어 있으리라 내가 구름이 되는 가을까지.
>
> —키르케고르

그대를
보낸
그 밤에

금세 만나고 금세 헤어진다. 살아간다는 것이 순간순간의 만남이자 이별이라고 할 때 당신과 만나서 보내는 짧은 그 순간이 어쩌면 영원일지도 모른다.
그대를 보내고 차창 밖 질주하는 어둠 속을 바라보면 희끄무레하게 스치고 지나가는 사물의 파편들이 추억이 되고 상처도 되는 순간 그 많은 이별이 가슴속을 짓누른다.
시인은 가슴 에이는 이별을 이렇게 노래한다.

> 다정도 지나치면 무정이라 했던가.

술잔 마주하고도 웃어주지 못하네.

촛불도 마음 있어 이별이 아쉬운 듯

밤새도록 날 위해 눈물 흘리네.

—두목

이별이 아쉬워서 밤새 촛불마저 울음을 그치지 않는데, 그때 헤어진 당신은 지금 어느 하늘 아래에서 무슨 생각에 잠겨 있을까.

항상
머물러 있는
근심

조선 후기의 문인 이옥李鈺이 경남 합천의 삼가현에서 그곳의 인정과 풍물 등을 보고 들은 대로 기록하고서『봉성문여鳳城文餘』라는 이름의 책으로 묶었다. 이옥은 그곳에서의 글쓰기를 훗날 술회하기를 '근심을 잊기 위한 전이 행위'였다고 말했는데 다음은 근심에 대해서 쓴 글이다.

내 친구 가운데 근심이 많아서 본래 술을 좋아하는 자가 있었다. (중략) 그는 말했다.
"나는 근심스런 몸으로 근심스런 땅에 거처하고 근심스런 때를 만났다. 근심이란 마음이 속에 쏠려 있는 것이다. 마음이 몸에 있으면 몸을 근심하고 마음이 처소에 있으면 처소를 근심하고, 마음이 만나는 상황에 있으면 만나는 상황을 근심하는 법이니, 마음이 있는 곳에 근심이 있게 된다. 그러므로 그 마음을 다른 곳으로 가면 근심은 따라오지 않을 수 없다.

이제 내가 술을 마시고 있는데, 술병을 들어 찰찰 따르면 마음이 술병에 있고, 잔을 잡고서 넘칠까 조심하면 마음이 잔에 있고, 안주를 집고서 목에 넣으면 마음이 안주에 있고, 손님에게 잔을 권하면서 나이를 고려하면 마음이 손님에게 있다. 손을 뻗어 술병을 잡을 때부터 입술에 남은 술을 훔치는 때에 이르기까지, 잠깐 사이에 근심도 없어지게 된다.

몸을 근심하는 근심도, 처지를 근심하는 근심도, 닥친 상황을 근심하는 근심도 없다. 바로 이곳이 술을 마심으로써 근심을 잊는 방도요, 내가 술을 마시는 까닭이다."

나는 그의 말을 옳게 여기되, 그의 심정을 슬퍼했다. 아아! 내가 봉성에서 글을 쓴 것도 또한 친구가 술을 마시는 것과 같은 것이었나 보다.

—이옥 『봉성문여鳳城文餘』 중에서

마음 가득한 근심이 술을 마신다고 풀릴까마는, 사람들은 술을 마시기도 하고 마음 맞는 몇 사람을 만나 담소를 나누며 근심을 풀고자 한다. 그러나 근심은 고스란히 남고 그칠 날이 없다는 것도 근심이다.

마음을
비우고
이치에
순응한다

| 사람이 환란을 당했을 때는 단지 하나의 처리 방법이 있을 뿐이니, 그것은 사람이 할 수 있는 일을 극진히 한 다음에 태연히 대처하는 것이다. 제대로 처리하지도 못하고, 그 뒤에 놓아버리지도 못한다면 그것은 의義도 없고, 명命도 없는 일이 되고 말 것이다.

—장자

| 우리가 환란 중에도 즐거워하나니, 환란은 인내를, 인내는 연단을, 연단은 소망을 이루는 줄 앎이어라.

—『성경』 로마서 5:3,4

수없이 암송했던 이 글을 읽을 때마다 연약한 내 정신에 한줄기 소나기가 스치듯 지나가는데, 그럼에도 삶의 어려움은 시시때때로 몰려온다. 어려운 일이 닥쳐 한없이 약해졌을 때 그때마다 온몸에 힘을 빼고 죽은 사람처럼 오랜 시간 꿈쩍하지 않고 누워 있는다.
마치 삶이 내게서 떠나간 것처럼, 다시는 삶이 시작되지 않을 것처럼 그리고 그 시간이 지나면 새로운 일을 시작했고 새로운 세계로 나아갈 수 있었다.
옛말에 '우환憂患 가운데에서 살아난다'는 말이 있다. 그것은 '우환을 걱정하는 마음이 너무 깊기 때문에 이욕利慾이 들어갈 틈이 없어서 그렇다'고도 하지만 환란이나 우환은 사람을 주눅 들게 하고 의기소침하게 한다.

마음을 비우고 이치에 순응한다(虛心順理)는 이 네 글자를 학자는 마음속 깊이 간직해야 마땅하다.
—주자

뜨거움은 반드시 없앨 수 없지만 뜨겁기에 괴로워하는 이 마음을 없애면 몸이 항상 서늘한 고대苦待에 있을 것이요, 가난을 반드시 좇을 수 없되 가난을 근심하는 그 생각을 좇아내면 마음이 항상 안락한 집 속에 살 것이다.
—『채근담』 중에서

위대한 내면의 고독

누군가를 안다는 것도 무엇을 한다는 것은 매우 어려운 일이지만 그보다 더 어려운 일은 삶을 살아가는 데 무엇이 필요한지를 아는 것이다.

꼭 필요한 것은 결국 고독, 위대한 내면적 고독뿐일세… 마음속 가장 깊은 곳에서 이는 생각이야말로 모든 사랑을 다 바칠 만한 것이니까, 자네는 어떻게든 그 소리에 귀를 기울여야 하고, 사람들에 대한 자네의 태도를 명확히 하는데, 너무 많은 시간과 용기를 허비해서는 안 되네.

—릴케 『젊은 시인에게 보내는 편지』 중에서

산다는 것은 저마다 홀로 서 있는 섬처럼 외로울 수밖에 없다. 그 외로움을 잊기 위해 술을 마시거나 가끔 이리저리 쏘다니고, 어두운 천장을 마치 광활한 사막처럼 응시하다가 여명이 움트는 것을 보기도 한다.

그대는

항상

저 멀리

있고

난 아직도 이해할 수 없어요

그대 마음에 이르는 길을 찾고 있어

아직도 찾을 수 있을까

그대 마음에 다가가는 길, 찾을 수 있을까

언제나 멀리 있는 그대

기다려줘, 기다려줘,

내가 그대를 이해할 수 있을 때까지

—김광석 노래 〈기다려줘〉 중에서

누군가를 안다는 하는 것은 가당찮은 일이다. 자신도 모르는 주제에 누구를 제대로 안다는 말인가.
이 세상 사람들은 누구나 서로를 모르기 때문에 서로의 마음에 이르는 길은 언제나 오리무중五里霧中이다. 그래서 다음과 같은 글이 있는지도 모른다.

> 나는 아무것도 후회하지 않는다. 나는 나의 마음과 감정에 따라 행동했다. 그리고 지금 나의 유일한 힘은 기묘하게도 감정적인, 약간의 이성이다. 나는 삶에 대해 아무것도 요구할 필요가 없다는 것, 논하기 전에 받아들여야 한다는 것을 알고 있다. 그것은 스스로에 대해서 완전히 충실할 것을 바라는 것보다도 더 바람직하다. 특히 나처럼 자신에 대해 거의 아는 것이 없는 사람은.
> —카뮈

후회하지 않는다고 말한 카뮈와 달리 삶의 일상은 항상 후회투성이고, 세상은 지지부진하게 흘러간다.

미래를 점친다는 것

연초에 점집을 찾는 사람이 많다. 두어 군데에 들리면서 의문이 들었다. 과연 우리가 아는 내세나 미래를 예측할 사람이 있는가.
이렇게 저렇게 하는 말들이 이리 보면 맞는 것도 같지만 저리 보면 황당하기 이를 데 없다. 그런 무당의 말에 일 년이나 혹은 한평생을 내맡긴다는 것은 극히 무책임한 일인데도 무당의 입에서 나오는 말에 일희일비一喜一悲한다는 것이 얼마나 애처로운지, 다음에는 가지 않으리라 마음먹으면서도 그 약속을 번번이 깨고 만다.

연암 박지원은 굿이나 점에 대해 이렇게 말했다.

"무당이나 판수가 집에 뻔질나게 드나들면 그 집은 필시 망하느니라. 나는 그런 경우를 여럿 보았다."
귀신에 대해서는 이렇게 말했다.

"양陽은 신명神明이 되고, 음陰은 귀신이 된다. 귀신이란 딴 데 있지 않으니, 사람의 마음속에 있다. 착한 생각이 드러나는 것이 신神이고 악惡한 생각이 잠복해 있는 것이 귀鬼이다. 그러므로 올바른 도리와 사사로운 이익이 마음속에서 서로 싸우는 것이 곧 귀신이다."

점이나 풍수가 오늘날 점점 그 세를 떨치는 것을 보면서 그것의 옳고 그름을 떠나 인간이 얼마나 나약한 존재인가를 새삼 느낀다. 운명運命은 가장 연약한 사람마저도 가만히 내버려두지 않는다. 그래서 이런 말이 있었을까.

> 당신의 뜻대로 하소서, 운명이여!

—횔덜린

떠난다는
설렘과
일말의
불안감으로

'떠난다'는 말만으로도 마음은 더없이 설레지만 일말의 불안감도 있다. 불안하다는 것은 마음이 아직도 떠남에 익숙해 있지 않기 때문이다. 여행은 항상 불확실하다. 떠나고자 마음먹고 그린 지도가 얼마나 오차가 클 것인지 미리부터 걱정이다. 모든것이 불확실하다.

| 모든 사람의 마음속에는 삶을 바꾸는 데 쓸 수 있는 지도가 있다. 그것이 우리가 먼 곳까지 여행을 하는 이유이다. 그것을 알건 알지 못하건, 우리가 생소하고 거친 땅에서 우리 자신을 새롭게 해야 할 이유가 있다. 낯선 땅들을 지나 집으로 돌아올 필요가 있는 것이다. 어

떤 사람들은 의도적으로 주의 깊게 그런 변화를 위한 여행을 한다. 그런 여행은 순례, 즉 땅이 우리를 직접적으로 치료해주는 특별한 기회가 된다. 나에게는, 그리고 다른 많은 사람에게도 순례는 행동으로 하는 탐구의 한 형태이다.

—조앤 핼리픽스 『결실 있는 암흑』 중에서

떠났다가 돌아올 수 있는 집은 어떤 언어를 다 동원해도 설명하기 힘든 불가해한 것으로 마음 깊은 곳에 숨겨두고 있다. 그래서 잠시만 떠나 있어도 언뜻언뜻 가슴을 풀어헤치며 살아나는 것이다.

나의 꿈은 이 모래언덕보다도, 저 달보다도, 여기 있는 모든 존재보다도 더 현실적이다. 아아! 집의 소중함은 그것이 우리를 감싸주고, 따뜻하게 해주고, 또 그 벽을 갖고 있기 때문도 아니다. 그것은 천천히 우리 마음속에 그리도 많은 포근함을 축적시켜 주기 때문이다. 마음속 깊이 샘물처럼 꿈들이 태어나는 이 안 보이는 덩어리를 형성해 주기 때문이다.

—생텍쥐페리 『인간의 대지』 중에서

눈물은
어디에서
오는가

꽃 피고 지는 시절이 아름답지만은 않은지 보내는 설움에 눈물이 마치 봇물 터지듯 흐르는데, 흘러가는 시간의 언저리에서 당신의 그 맑은 눈망울에는 맺힌 눈물이 없었는지….
하염없이 흐르는 그 눈물이 시내가 되고, 강이 되고, 바다가 되는 그 경이 속에서 인간은 더 없이 성숙해지고 깊어지는 법이다. 그러나 그 눈물의 의미를 제대로 아는 사람은 많지 않다.

눈물은 눈에 있는 것인가? 아니면 마음(심장)에 있는 것인가? 눈에 있다고 하면 마치 물이 웅덩이에 고여 있는 듯한 것인가? 마음에 있다면 마치 피가 맥을 타고 다니는 것과 같은 것인가? 눈에 있지 않다면, 눈물이 나오는 것은 다른 신체 부위와는 무관하게 오직 눈만이 주관하니 눈에 있다고 할 수 있겠는가?
마음에 있지 않다면, 마음이 움직임 없이 눈 그 자체로 눈물이 나오는 일은 없으니, 마음에 있지 않다고 할 수 있겠는가? 만약 마치 오줌이 방광으로부터 그곳으로 나오는 것처럼 눈물이 마음으로부터 눈으로 나온다면 저것은 다 같은 물의 유로써 아래로 흐른다는 성질을 잃지 않고 있되, 왜 유독 눈물만은 그렇지 않은가? 마음은 아래에 있고 눈은 위에 있는데 어찌 물인데도 아래로부터 위로 가는 이치가 있단 말인가!
—심노숭『눈물이란 무엇인가』중에서

마음에서부터 비롯된 눈물이 육신의 깊숙한 곳을 일깨워 그토록 맑은 눈물을 만들어 내고, 연푸른 나뭇잎을 바라보는 시간 가만히 고이는 눈물, 그 눈물의 근원은 어디에 있으며 얼마나 수량이 많기에 눈물은 그치지 않고 흐르는 때가 그리도 많은가….

마음
비우고
돌아와도

떠나면서 비우고, 돌아다니면서도 비우고 그랬는데도 돌아와 보면 마음 깊숙한 곳에 남아 있는 것들이 많이 있다.
에메랄드빛이라고도, 코발트빛이라고도 부르던 너무 푸르러서 서럽게 보이던 짙푸른 남해와 푸른 바다를 유혹하듯 펼쳐져 있던 유채꽃, 그리고 가끔 옛 시절로 돌아가게 했던 진달래꽃이나 찔레순의 그 향긋한 내음도 한순간 지나고 나면 추억이 되는 것이 가슴이 아리다.

사람의 정신은 맑은 것을 좋아하는데도 마음이 흔들리고, 마음은 고요함을 좋아하는데 욕심이 유인한다. 언제나 욕심만 버릴 수 있다면 마음은 저절로 고요해지고, 마음만 맑게 갖는다면 정신은 저절로 맑아질 것이다.

—허균 『한정록閑情錄』「도서전집道書全集」 중에서

이 글처럼 정신이 저절로 맑아지고 모든 것에 담담해질 날이 있을 것인가는 마음 비우기에 달렸다.

지나간
다음에야
알지

"지나간 다음에야 알지, 우리가 무엇을 알겠는가."
흔히 말하고, 흔하게 듣는 말이다.

고요히 앉아본 뒤에야 보통 때의 기운이 경박했음을 알았다.
침묵을 지킨 뒤에야 지난날의 언어가 조급했음을 알았다.
일을 뒤돌아본 뒤에야 전날에 시간을 허비했음을 알았다.
문을 닫아건 뒤에야 앞서의 사귐이 지나쳤음을 알았다.
욕심을 줄인 뒤에야 예전의 잘못이 많았음을 알았다.
정을 쏟은 뒤에야 평일에 마음 씀이 각박했음을 알았다.
—진계유『안득장자언安得長子言』중에서

지나고 난 뒤에야 내가 너무 말이 많았음을 마음이 너무 각박했음을, 지나간 뒤에야 그대를 너무 깊이 사랑했음을 알지만 지나간 것은 다시 오지 않는 것이라서 그저 마음만 아프다.

내
마음속의
그리움

만나고 헤어짐은 매양 그런 것인가. 두고 떠나는 마음도 마음이지만 떠나는 사람을 보내는 마음 역시 우주의 한 귀퉁이가 텅 빈 듯 쓸쓸하기 그지없다.
홀로 떨어진 마음은 날이 지날수록 그리움으로 미어지는 듯하여 새벽에 일어나 창문을 열면 싸늘한 밤공기만 가슴 안으로 밀려온다.

| 그대가 오니 꽉 찬 것 같았는데 그대가 가니 텅 빈 것 같네.
그 가고 옴이 과연 차고 비는 묘리와 서로 통함이 있단 말인가….
떠난 뒤 근황은 어떠한가, 어떤 책을 보며 어떤 법서法書를 비교하여 읽

으며, 어떤 사람과 더불어 서로 만나며, 어떤 차를 마시며, 어떤 향을 피우며, 어떤 그림을 평론하며, 또 어떤 것을 마시고 먹고 하는가.
비바람이 으스스하고 산천은 아득히 멀고 한 모개(목, 통로, 가장 중요한 길목)의 파란 등불은 사람을 비추어 잠 못 들게 하는데, 이 사이에 있어 어떤 말을 주고받으며 어떤 꿈을 꾸고 깨며 어떤 생각을 하고 있는가, 역시 청계靑溪, 관악冠岳 산속에서 자리를 마주하고 베개를 나란히 하고 누워서 닭 울음을 세던 그때에 미쳐가기도 하는가.
천한 몸은 그대가 있을 때와 같아서 모든 것이 한 치의 자람도 없으며, 초록은 날이 갈수록 더욱 뻔뻔스럽기만 해지니 온갖 추태는 남이 보면 당연히 침을 뱉을 것이며, 아무리 그대 같은 기가嗜痂로도 아마 더불어 수식하기는 어려울 걸세. 그림자를 보고 스스로 웃는다네.
—김정희 「김석준이라는 사람에게 준 글」 중에서

추사 김정희의 글을 읽으며 수없이 만나고 헤어진 사람들의 얼굴을 하나하나 떠올려본다. 지금 느끼는 이 그리움은 어쩌면 '간절한 쓸쓸함'의 또 다른 표현일 것이다.

촛불은
재 되어야
눈물이
마르고

삶은 항상 미묘한 것이라서 마음과는 달리 몸은 항상 다른 데를 지향하고, 한참 왔는가 싶어서 지나온 길을 뒤돌아보면 떠나온 곳은 진실로 얼마 되지 않는다.
바람이 불면 바람이 부는 대로 눈이 내리면 눈이 내리는 대로 살리라 마음먹으면서도 매일매일 안달하며 살아온 세월이다. 그 세월이 아무것도 아니라는 것을 너무 늦게야 깨닫는다.
'여리고 여린 마음이여! 가고 싶은 곳으로 가라' 하고 등 떠밀어도 어둠 내린 거리를 서성거리는 마음이다.

내가 젊어서부터 영주 풍기 사이를 오가며 소백산은 머리를 들면 바라볼 수 있었고 갈 수 있었으나 섭섭하게도 오직 꿈에만 생각하고 마음으로만 달린 것이 이제 40년이 되었다. 지난해 인부[符]를 잡고 풍기에 와서 백운동 서원의 주인이 되었으니, 속으로 은근히 기쁘고 다행하여 오랜 세월을 풀 수 있으리라고 생각하였으나, 백운동에 오고도 겨울. 봄 이래로 일이 있어서 산 어귀도 엿보지 못하고 돌아간 것이 세 차례나 되었다.

—이황 「유소백산록遊小白山錄」 중에서

조선 시대의 거유巨儒 퇴계 이황도 꿈을 꾸면서 마음으로만 그리워했던 것이 있었으나 이루기가 그토록 힘들었는데, 하물며 우리 같은 사람들이야 뭐라 할 말이 없다.

봄누에는 죽어서야 실 뽑기 그치고 촛불은 재 되어야 비로소 눈물 마른다.

—이상은

위의 글처럼 죽기 전까지 기다리고 기다릴 수밖에 없는 우리의 그리움, 그것뿐일 테지….

마음을 안다는 것

마음은 담겨 있는 호수일 수도 있지만 잔잔하게 흘러가는 개울물일 수도, 넘치는 바다일 수도 있다. 이렇게 저렇게도 변하는 마음, 인간의 지혜로는 알기 어려운 마음이다.

> 대저 학문이란 다른 것이 아니고 마음을 찾는 것일 뿐이다. 마음이란 나타낼 수 있는 형체도 없고, 찾아낼 수 없는 것으로서 깨끗하고 온전하여 밝고 맑기만 한데, 진정 그 본래의 모습을 완전하게 갖추게 되면 외물外物이 교차해도 함께 휩쓸리게 되지 않고 어떤 일이 닥쳐와도 그 일 때문에 동요되지 않을 것이다.

—신흠 『구정록求正錄』 중에서

살다 보면 알 것 같은, 아니 다 알았다고 생각하는 마음이 천만 가지 다른 모습으로 나타나 사람의 마음을 갈래갈래 찢어놓고 흔든다. C.브론티는 인간의 마음을 이렇게 정의했다.

> 인간의 마음에는 비밀히 간직되고, 소리 없이 봉인된, 숨겨진 보물이 있다.
>
> —C.브론티 『저녁의 위안』 중에서

바람 부는 대로 물결치는 대로 흔들리고 또 흔들리는 사람의 마음을 안다는 것이 세상에서 가장 어려운 일이지만 그래도 삶이 계속되는 한 포기하지 않고 견지해야 할 자세, 사람의 마음을 아는 일이다.

> 너 자신을 알려고 하면 다른 사람들이 어떻게 행동하는가를 관찰하라. 네가 다른 사람들을 이해하려고 하면 너 자신의 마음을 보라.
>
> —실러

잊는 것이
큰길을
가는 것

'모든 것을 버리고', '모든 것을 잊어서' 마음이 평안해지는 그런 날이 오기는 오는 걸까?

안회顔回가 공자에게 물었다.

"저는 공부가 훨씬 늘었습니다."

"무슨 말인가?"

"인의仁義를 잊었습니다."

그다음에 안회가 다시 말했다.

"저는 공부가 훨씬 늘었습니다."

"무슨 말인가?"

"예악禮樂을 잊었습니다."
"하지만 아직 멀었다."
또 다음에 안회가 다시 말했다.
"저는 공부가 훨씬 늘었습니다."
"무슨 말인가?"
"저는 앉아서 고스란히 잊었습니다."
공자가 깜짝 놀라며 물었다.
"아니, 앉아서 고스란히 잊었다니, 그게 무슨 말인가?"
"나의 손발과 몸뚱이를 벗어버리고 귀나 눈의 밝음을 떨쳐버리어, 형체를 떠나고 앎을 버려서 저 위대한 도道와 하나가 되는 것을 '앉아서 고스란히 잊었다'고 합니다."
그 말을 들은 공자가 다음과 같이 말했다.
"위대한 도와 하나가 되면 사사로운 마음이 없어지고, 위대한 도와 하나가 되면 어떠한 집착도 사라질지니, 과연 너는 어질구나. 내 너의 뒤를 따르고 싶구나."
—장자

'잊음으로써 기억한다' 일 수도 있고, '잊어버리지 못하는 이 마음이 슬픔이요'라는 말일 수도 있다.

마음이 어둡고 산란할 때엔 가다듬을 줄 알아야 하고, 마음이 긴장되고 딱딱할 때는 놓아버릴 줄 알아야 한다. 그렇지 못하면 어두운 마음을 고칠지라도 흔들리는 마음에 다시 병들기 쉽다.
—『채근담菜根譚』 중에서

집착을 버리고 놓아버려야 새로운 나로 태어나거나 아니면 내가 나마저 잊거나 할 것인데, 그게 그렇게 어려운 일이다.

'적당하다'는
말의
의미

'적당하다'라는 말의 의미는 내가 그대를 생각하는 것이나 그대가 나를 생각하는 것이 넘치지도 않고 모자라지도 않을 때, 은근한 아름다움이 있으리라 믿으면서도 은근함이나 미지근함을 받아들이지 못하고 격렬하거나 뜨거운 것만을 사랑이고 믿음이라고 여겨온 것이었다.
그러면서도 사랑에 대해 회의하고 사랑이라는 것을 믿지 못하는 건 마음이 이미 삭막한 사막의 한가운데에서 방황하기 때문인지도 모르지만 더 중요한 것은 어느 한계가 불분명한 것이 사랑인지도 모른다는 사실이다.

아무리 가까운 사이라 하더라도 사람 사이에는 늘 심연이 도사리고 있습니다. 그곳에는 임시로 놓인 다리밖에 없지만 그래도 이 다리를 건널 수 있는 것은 사랑뿐입니다.

—헤르만 헤세 『크놀프』 중에서

하지만 그렇게 생각하는 마음에서 전이해 간 사랑에도 수많은 암초가 기다리고 있다.

마음으로 확신할 수 있는 많은 진실이란 없다.

—알베르 카뮈

기쁨 역시 마음에서 비롯되는데 그것도 지상의 순간적인 것인 걸까? 살아갈수록 어려운 것이 마음을 찾아가는 여행인 듯싶다.

바람 잘 드는
마루를
쓸어놓고서

마음이 한가해지면 어딘가로 떠나 사람들과 세상 돌아가는 얘기나 나누며 며칠 지내고 싶다. 하지만 삶은 그리 만만하지가 않다. 며칠은 고사하고 어디서 한가로이 하룻밤 보내기가 쉽지 않다.
교산 허균도 그런 아쉬움이나 그리움이 있었던지 경술년 5월에 아름다운 편지 한 통을 보냈다.

형이 강도江都에 계실 때에는, 일 년에 두어 차례 서울에 오시면 곧 저의 집에 머무르면서 술을 마시고, 시를 읊었으니 인간 세상에서 매우 즐거웠던 일이었네. 그러나 온 가족을 이끌고 서울에 오셔서는 십여 일도 한가롭게 어울린 적이 없어서 강도에 계시던 때보다도 못하니, 도대체 무슨 까닭인가?

못에는 물결이 출렁이고 버들 빛은 한창 푸르르며, 연꽃은 붉은 꽃잎이 반쯤 피었고, 녹음은 푸른 일산에 은은히 비치는데, 이 가운데 마침 동동주를 빚어 젖빛처럼 하얀 술이 동이에 넘실대니, 꼭 오셔서 맛보시기 바라네. 바람 잘 드는 마루를 쓸어놓고 기다리네.

—허균

그리던 사람이 오신다면 어디 동동주뿐이겠는가. 마음의 창을 활짝 열어젖히고 온 세상의 꽃향기를 다 끌어들여 흠뻑 취하게 하고 싶은데, 그런 마음뿐인 게 세상인 듯싶다.

문득 다가오는 말이 있다.

"사람이 이 세상을 살아가면서 남이 나를 그리워하게 함이 있을지언정, 남이 나를 유감으로 여기게 해서는 안 된다.(人生于世 寧使人有余思 毋使人有余恨)"

그대 마음에 다가가는 길

자기 생각이 옳다고 자신 있게 말하는 사람을 만나면 겁도 나고 존경스럽기도 하다. 어찌 저렇게 우길 수 있을까 싶지만 모든 사람이 하나하나의 우주이고 하늘이라고 생각하면 한편으로는 이해가 간다.

춘추전국시대의 사상가인 묵자墨子는 당시 위대한 교주였다. 그가 가르친 상동사상尙同思想과 겸애사상兼愛思想은 그지없이 훌륭했다. 하지만 그것을 전파하는 방법이 사람들에게 맞지 않았다. 근검과 절약을 지나치게 강조한 나머지 음악을 금했고, 노래도 일절 부르지 못하게 했다. 가까운 사람이 죽어도 상복喪服을 못 입게 하였으며, 옷도 그저 가죽과 거친 베로만 만들어 입게 하였다.

그런 묵자를 두고 장자莊子는 다음과 같이 평했다.

"그 도道는 훌륭하다. 그러나 천하의 인정과 위배되어 세상 사람들이 감당하지 못하고, 세상과도 괴리되어 왕도王道와도 거리가 멀다."

나로부터 비롯되는 세상이지만 다시 돌아보면 그대로부터 비롯되어 내가 있는지도 모른다.

굳건한 마음

'굵고 짧게 산다'라거나 '가늘지만 길게 산다'라는 말. 광대한 우주의 순환을 생각하면 얼마나 부질없는 말인가. 생은 하루살이나 진배없는데 그것을 깨닫지 못한다.

| 하루살이 깃 같은 옷이나 깨끗이 입으려 하니
마음의 시름이여! 어디로 나는 가 살아야 하나?
하루살이 날개 같은 화려한 옷이나 입으려드니
마음의 시름이여! 어디로 나는 가 쉬어야 하나?
하루살이 굴 파고 나올 때처럼 눈 같은 베옷이나 입고 있으니 마음의 시름이여! 어디로 나는 가 머물러야 하나?

—「시경」 중에서

언제나 떠나지 않는 마음의 시름이여, 언제쯤 훨훨 날아갈 것인가.
내 생각의 틈새를 비집고 쇼펜하우어가 말을 건넨다.

자기 마음의 소리를 들어라. 자기 마음의 능력이 확인되었을 때는 기꺼이 마음의 소리에 귀를 기울여라. 마음은 가끔 무엇이 가장 중요한지를 미리 알려준다. 많은 사람들은 자기 마음에 귀 기울이기를 두려워하므로 파멸하고 만다. 두려움은 아무 도움도 주지 못하므로 구제할 방법을 강구해야 한다. 사람은 본디 참되고 성실한 마음을 갖고 태어난다. 마음은 불행이 다가올 때면 미리 준비하라고 자신에게 경고한다. 불행을 무릅쓰고 나아가는 것은 지혜가 아니다. 굳건한 마음은 불행을 이기는 가장 훌륭한 무기다.

—쇼펜하우어 『세상을 보는 지혜』 중에서

그래, 달리 길은 없다. 굳건한 마음을 갖자!

세상의
즐거움

논어論語에 '배우고 익히면 이 또한 즐겁지 아니한가'라는 말처럼 배움의 즐거움은 그 무엇에 비할 바가 아니다.

인간의 마음은 본래 저절로 즐거운데, 자연히 사욕私慾이 얽어맬 것이다. 사욕이 일단 싹이 텄을 때, 양지는 그래도 자각을 한다. 한번 깨달으면 곧 사라져 없어지며, 인간의 마음은 옛날대로 즐겁다. 즐거움은 이 배움을 즐기는 것이고, 배움은 이 즐거움을 배우는 것이다. 즐겁지 않으면 배움이 아니다. 배우지 않으면 즐거움이 아니다. 즐겁게 되면 곧 그런 뒤에 배우고, 배우면 곧 그런 뒤에 즐겁다. 즐거움이 배움이고, 배움이 즐거움이다. 아아, 천하의 즐거움을 배움이라고 말하면 어떠한가! 천하天下의 배움을 즐거움이라고 말하면 어떠한가!

—왕심재 「낙학가樂學歌」 중에서

즐거움의 대상이 어디 배움뿐일까. 소비가 미덕인 사람은 소비를 통해 즐거움을 누린다. 영화 「인생은 아름다워」에 나오는 '봉사는 예술이지, 하나님이 최초의 예술가지'라는 말처럼 봉사에서 즐거움을 느끼는 사람도 있다. 사랑을 받는 것보다 사랑을 주는 것에서 즐거움을 느끼는 사람도 있다. 또한 슬픔을 사랑하는 사람은 슬픔의 힘으로 살아가기도 한다.

달마는 서방으로부터 와서 다만 일심一心의 법을 전하여, 일체중생이 본래 부처이며, 수행을 전제로 하지 않는 것임을 보여준 것에 불과하다. 다만 지금 곧바로 자기의 마음을 알고, 자기의 본성을 보아, 결코 달리 찾아서는 안 된다. 어떻게 자기의 마음을 아는 것인가 하면, 그것은 바로 지금 그대들의 재잘거리고 있는 그 자체가 바로 그대들의 마음이다.

—황벽 『완능록宛陵錄』 중에서

마음을
빼앗겨
정신을
놓고
있을 때

어떤 사람이 바둑을 매우 좋아했다. 이웃집에 가서 바둑을 두기 시작해 한창 그 흥이 익어갈 무렵 여종이 정신없이 달려와서 말했다.

"집에 불이 났습니다."

이 말을 들은 그 사람은 바둑알을 놓으면서 나직한 소리로 말했다.

"불? 불은 무슨 불?"

또 어떤 사람이 있었다. 손님과 마주 앉아 바둑을 두고 있는데, 종이 시골에서 돌아와 말했다.

"주인 영감님께서 돌아가셨습니다."

이 말을 들은 그 사람은 여전히 손에 바둑알을 든 채 놓을 자리를 찾으면서 말했다.

"아버님이 과연 돌아가셨단 말이냐! 참으로 안됐구나!"

—『고금소총古今笑叢』 중에서

이 이야기를 듣고 왠지 모를 서글픔으로 어질러진 바둑알이 놓인 바둑판을 다시 바라보게 된다. 이런 일이 어디 바둑에 정신을 놓고 있을 때만 일어나겠는가. 정신 놓고 있기를 기다리는 것이 도처에 가득하다.

| 인생의 고통은 우리의 마음이 시시각각 변하기 때문에 생긴다.

—마르셀 프루스트

마음속
도둑

조선 시대 최고의 명재상으로 알려진 황희黃喜와 함께 쌍명상雙名相으로 손꼽히는 허조는 수신제가修身齊家를 이룬 사람으로도 유명하다.
허조는 평생에 걸쳐 한 번도 닭이 운 뒤에 일어난 적이 없을 만큼 절도節度로 엄격하게 자기 생활을 통제하며 산 사람이다. 그가 밤중에 단정하게 책상 앞에 앉아 있을 때 집 안에 도둑이 들어 물건을 훔쳐간 적이 있었다. 그때 허조는 졸지도 않으면서 마치 진흙으로 만들어 놓은 허수아비처럼 앉아 있었다. 도둑이 간 지 오래되어 집안사람들이 도둑맞은 것을 눈치채고 그를 쫓았지만 붙잡지 못했다. 분통을 터트리며 허조에게 눈 뜨고 있으면서도 도둑맞은 것을 탓하자 그는 다음과 같이 말했다.

이보다 더 심한 도둑이 마음속에서 싸우고 있는데, 어느 여가에 바깥 도둑을 걱정하겠는가?

—조광조

이 고사는 수산이 삼매경三昧境을 나타내는 것으로 후세 사람들이 곧잘 인용하는 글이다.
어떻게 사는 것이 바른 것이고 그른 것인지 분간할 수 없는 이 시대. 눈 뜨고도 도둑을 맞는 일이 비일비재非一非再한 이 시대에 스스로가 스스로를 이겨내지 못하고 매 순간 흔들린다.

세상의 풍파는 나이 들어도 그치지 않는다.

—백거이

당신의
마음 길은
온전한가

습관이란 무섭다. 일찍 일어나는 것이 습관이 되다 보니 조금 늦게 잠들어도 어김없이 새벽 네 시쯤 잠이 깬다. 밥을 먹는 것도 그렇다. 말로는 '맛있다' 하고 먹으면서도 정작 음식의 맛을 제대로 느끼지 못하고 습관적으로 먹곤 한다. 가난했던 시절, 배만 채우면 되었던 그것이 오랜 세월 습관이 되었기 때문이다. 그래서 디오게네스도 '습관은 제2의 천성이다'라고 말했는지 모르겠다.

우리가 자신도 느끼지 못하는 사이에 얼마나 쉽게 특정된 길을 밟게 되고 스스로를 위하여 다져진 길을 만들게 되는지는 놀라운 일이다. 내가 숲속에 산 지 1주일이 채 안 되어 내 집 문간에서 호수까지는 내 발자국으로 인해 길이 났다. 내가 그 길을 사용하지 않은 지 5, 6년이 지났는데도 아직도 그 길의 윤곽은 뚜렷이 남아 있다. 아마 다른 사람들도 그 길을 밟아 길로서 유지되게 했나 보다. 땅의 표면은 부드러워서 사람의 발에 의해 표가 나도록 되어 있다.
마음의 길도 마찬가지이다. 그렇다면 세계의 큰 길은 얼마나 밟혀서 닳고 먼지투성이일 것이며, 전통과 타협의 바퀴 자국은 얼마나 깊이 패였겠는가!
—소로『월든』중에서

같은 경험을 한 적이 있다.
1993년 한 시간짜리 텔레비전 프로그램의 주인공이 되어 섬진강을 촬영했던 때의 일이다. 처음이라 당황했는지 압록 부근을 찍는 장면에서 계속 엔지를 냈다. 두 시간이 넘도록 그 길을 오갔더니 잡풀 우거졌던 곳에 반들반들한 길이 생겨 버렸다.
마음의 길도 그렇다. 무심코 그냥 살다가 보면 내 마음에 자갈밭이 생겼는지, 조용한 산길이 생겼는지 알 수 없다. 마음을 잘 가꾸어 인간답게 온전한 길을 내는 것, 참으로 어려운 일이다.

마음이
꽃 밖을
방황할 때에

삼월 하순은 꽃의 시절이다. 매화, 산수유, 개나리의 뒤를 이어 목련이 곧 꽃망울을 터트리기 위해 한껏 부풀어 올랐고 곧이어 이 땅에 벚꽃과 진달래가 질펀하게 피어났다. 온 나라 산천을 물들이는 꽃은 누구와 함께 보면서 즐겨야 할까.

> 꽃은 미인들과 함께 즐겨야 하고, 달빛 아래의 술은 유쾌한 친구들과 즐겨야 하며, 눈[雪]은 고풍의 선비들과 함께 즐기면 좋다.
>
> —장조『유몽영幽夢影』중에서

옛사람들은 꽃을 즐기는 데에도 격식이 있었던 모양이다. 명나라의 문장가인 원중랑袁中郞은 꽃을 감상하는 것에 대해 다음과 같은 글을 남겼다.

다행히 꽃, 대[竹], 산수는 명문이나 권세 다툼과는 아무런 관계가 없이 모든 사람이 평등하게 즐길 수 있다. 명문 권세를 좇는 사람들은 그 때문에 안달하며, 산수, 꽃, 대를 즐길 여가가 없는데, 세상 밖의 학자는 그 처지를 이용하여 자연의 낙을 독점할 수 있는 위치에 놓인 것이다. 일에 쫓기는 사람들은 꽃이 피었는지 졌는지 모르게 한 해를 보낸다. 하지만 마음이 한가한 사람들은 계절의 변화에 따라 피고 지는 꽃을 보며 자연의 이치를 터득하면서 자신의 마음 정원에 가득 들여놓고 음미할 수 있으니 얼마나 다행스러운 일인가?
차를 마시며 꽃을 감상하는 것이 가장 좋은 태도이며, 사람과 이야기하며 꽃을 감상하는 것이 그다음이다. 술과 더불어 감상하는 것은 품위 없는 감상법이다. 바쁘게 움직이고 쓸데없는 말을 지껄이는 것은 모두가 꽃의 영혼을 모독하는 것이다.
꽃을 즐기는 데는 어울리는 때와 장소가 있다.
적당한 환경을 고려하지 않으면 신성神聖을 모독하는 것이 된다. 추위 속에서의 꽃 감상은 눈이 내리기 시작할 때나, 눈이 멎고 하늘이 맑게 개었을 때나, 조각달 사이나, 따뜻한 방 안이 좋다. 따뜻한 계절의 꽃, 즉 봄의 꽃은 날이 맑게 갠 날이나 좀 쌀쌀한 날 화려한 넓은 방에서 즐겨야 한다. 여름 꽃은 비가 갠 후 서늘한 바람을 쐬면서 짙푸른 나무 그늘이나 대나무 밑, 또는 물가 그늘에서 감상하는 것이 좋다. 신선한 계절의 꽃 즉 가을꽃은 시원한 달 아래, 해가 질 무렵, 이끼 낀 뜰의 작은 길, 또는 오래된 덩굴풀이 휘감은 기암 언저리에서 감상해야 한다. 바람, 일기, 장소의 여하를 고려하지 않고, 마음이 꽃 밖을 방황할 때에 사람이 만일 꽃을 감상한다면, 기생집이나 술집에서 꽃을 대하는 것과 뭐가 다를 게 있겠는가?

—원중랑 『병사瓶史』 중에서

오늘은 꽃을 마음속에 들여놓고 감상해보자.

스스로
어질다고
여기는
마음이
없어야

양자陽子가 송나라의 어떤 여관에 들었다.

여관 주인에게는 첩이 있었는데, 한 사람은 미인이었고, 또 한 사람은 추녀였다. 그런데 이상한 것은 추녀는 귀여움을 받고 있는데 미인은 천대를 받고 있었다.

그것을 이상하게 여긴 양자가 여관의 심부름하는 아이에게 그 까닭을 묻자 아이가 이렇게 대답하였다.

"저 여인은 스스로 미인인 체 하기 때문에 그 아름다움을 모르고, 저 못생긴 여인은 스스로 못났다고 여기기 때문에 그 못난 것을 모르는 것입니다."

그 대답을 들은 양자는 제자들에게 다음과 같이 말했다.
"너희들은 잘 기억해두어라. 그 행실이 어질면서도 스스로 어질다고 여기는 마음이 없으면 어디에 간들 사랑받지 않겠느냐."
—장자

'뭐 묻은 개가 겨 묻은 개 나무란다'는 속담이 있고, '남의 눈에 티끌은 보면서도 자기 눈에 들보는 깨닫지 못한다'는 말도 있다.
'남에게는 관대하고 스스로에게는 가혹해야 한다'고 말은 곧잘 하면서도 나에게 관대하고 남에게 가혹한 것이 세상의 이치이다.

안회가 공자에게 물었다.
"저로서는 더 이상 나아갈 수가 없습니다. 어떻게 하면 되겠습니까?"
공자가 대답했다.
"재계齋戒하라. 내 너에게 이르노니, 무슨 일이든 사심을 가지고 하려 들면 그 일은 쉽사리 이루어지지 않는다. 그렇게 해서 만일 쉽사리 될 수가 있다면 그것은 자연의 도리에 부합되지 않는 것이다."
"저는 집이 가난하여 술도 마시지 않고, 냄새나는 푸성귀도 먹지 않은 지가 이미 몇 달이 되었습니다. 이와 같으면 재계했다고 할 수 있겠습니까?"
"그것은 제사 때의 재계는 될지언정 마음의 재계는 아니니라."
"그렇다면 마음의 재계란 어떤 것입니까?"
"먼저 마음을 한데 모아 잡념을 없애라. 그리하여 귀로써 듣지 말고, 마음으로써 들으며, 또 마음으로써 듣지 말고 기운으로써 들어라. 귀는 단지 소리를 듣는 데 그치고 마음은 단지 덧없는 현상을 이해하는데 그칠 뿐이지만, 기운은 공허해서 무엇이나 다 그 안에 받아들인다. 도는 오직 공허한 속에 모이니, 공허하게 마음을 텅 비우는 것이 곧 마음의 재계인 것이다."

—장자

마음에 대해 깊은 통찰을 하지 않고서는 얻을 수 없는 깨달음이다. '무슨 일이든 사심을 가지고 하려 들면 그 일은 쉽사리 이루어지지 않는다'는 말은 너무도 지당하다.

생生의 진리에 통달한 사람은 생이 미치지 못하는 바를 힘쓰지 않고, 운명運命의 진리를 깨달은 사람은 인간의 지혜가 미치지 못하는 바를 힘쓰지 아니한다.

—장자

마음을
쉬게
한다

일 때문이 아니라면 보통 열한시쯤 잠을 자기 위해 눕는다. 빠르면 5분 아니면 20분 이내엔 잠이 들어 아침 다섯 시에 깨어난다.
꿈을 꾸지 않는 날이 없을 정도로 잠이 깊지 않고 예민하여 사소한 것에도 자주 깨어나는 편이다. 꿀맛같이 단잠을 못 이루는 것은 이미 세상의 쓴맛 단맛을 다 보았기 때문이 아닌가 싶다.

양생의 길은 수면과 음식보다 더 중대한 것이 없다. 채소는 약식이지만 달게 먹기만 하면 산해진미보다 낫다. 수면은 많은 것이 좋은 것이 아니라 다만 잡념 없이 깊이 잠들기만 하면 잠시 동안이라도 섭생에는 충분하다. 육유陸遊는 언제나 단잠을 즐거움으로 삼았다.
그러나 잠자는 데도 비결이 있다.
손진인孫眞人은 이렇게 말했다.
"마음을 쉴 수 있으면, 눈은 절로 감긴다."
또 채서산蔡西山은 말했다.
"먼저 마음을 잠재우고 나중에 눈을 잠재운다."
이것은 여태까지 없었던 절묘한 말씀이다.
스님은 나에게 기분 좋게 자는 방법 세 가지를 알려주었다.
즉 병든 용의 잠(病龍眠)은 무릎을 굽히고 자는 것이며, 겨울 원숭이의 잠(寒猿眠)은 무릎을 안고 자는 것이며, 거북과 두루미의 잠(龜鶴眠)은 무릎을 맞대고 자는 것이라고 했다.

—심복『부생육기浮生六記』「양생과 소요」 중에서

이렇게 구부리고 저렇게 구부리며 돌아눕고 또 돌아눕기를 반복하다가 드는 잠. 악몽을 꾸면서도 '꿈속에서는 도와달라고 소리치는 것조차 잊어버린다'는 엘리어스 카네티의 말처럼 아무런 대책없이 견딜 수밖에 없다.
"마음을 쉬게 한다."
좋은 말이다.
잠을 잘 자는 것이 건강하게 오래 사는 첩경이다.

여유가
있으면
양보하고?

세상이 너무 복잡해져서 그런지 어린아이에게 천진함이 보이지 않고 젊은이에게 패기가 보이지 않으며 노년의 사람들에겐 여유가 보이지 않는다.
나이가 들수록 흐르면서 넓혀지는 강물처럼 마음도 넓어질 것 같은데 오히려 더 각박해지고 좁아지는 사람들을 보며 나의 미래도 저렇게 되지 않을까 걱정된다.

무릇 사람이란 여유가 있으면 남에게 양보하며, 부족不足하면 서로 다투게 마련이다. 양보하는 곳에 예의가 이루어지고, 다투는 곳에 폭란暴亂이 일어나게 마련이다. 문을 두드리고 물을 요청하면 주지 않는 사람이 없는 것은 물이 많이 있는 까닭이다. 산림山林 속에서 나무를 팔지 않고, 연못에서 고기장사를 않는 것은 나무나 고기가 남아돌기 때문이다. 이렇듯 물질이 풍부하면 욕심도 가라앉고, 욕구慾求를 충족시키면 다투는 일도 없게 된다.

—유안 『회남자淮南子』 「제속훈齊俗訓」 중에서

옛사람들은 여유가 있으면 양보하고 물질이 풍부하면 욕심이 가라앉는다고 했는데 지금은 많으면 많을수록 더 가지려고 돈이 되는 곳에 몰려 아귀다툼을 벌인다.
아직 살아야 할 날이 많은 사람들에게도 이제는 세상을 관조해도 좋을 사람들에게도 여유나 한가함은 보이지 않는다.
마음 내려놓고 어둠이 내리는 빈 들녘을 걸어가야겠다.

마음이
속세에서
멀어지면

왕안석왕형공, 王荊公이 재상의 자리를 내놓고 물러나 금릉金陵에 살았다. 그리하여 날마다 산천山泉을 유람하면서 세상일을 잊었다. 그러나 그의 시에,

양후는 늙어서도 관중의 일 전담하면서
오래도록 제후諸侯들 유세객이 올까 염려했네.
나 또한 늘그막에 한 산천山泉 전담했건만
거의 만날 적마다 문득 놀라고 의심한다네.

하였다. 이미 산천에다 마음을 두었으면 외물外物에는 관심이 없어야 한다. 그런데 놀라고 의심할 필요가 뭐 있는가? 이것을 보면 형공의 마음속에 아직도 통쾌하게 잊지 못하는 것이 있음을 알 수가 있다. 도연명陶淵明은 그렇지 않아서

사람들 사는 곳에 집 짓고 있지만
거마의 시끄러운 소리 들리지 않네.
그대에게 묻노니 어떻게 하면 그럴 수 있는가
마음이 속세에서 멀어지면 지역은 절로 외지는 것이라오.

했으니, 마음을 먼 곳에 두면 비록 사람들 있는데 살더라도 거마[馬車] 소리가 시끄럽게 할 수 없지만 마음에 조금이라도 지장이 있으면 비록 한 골짜기를 독차지하고 있더라도 거마를 만나면 또한 놀라고 의심하는 마음을 떨어버릴 수가 없는 것이다.

—허균『한정록』「퇴휴」중에서

며칠이고 집에만 머물 때가 있다. 그럴 때는 어쩌다 오는 전화로만 사람들 속에 살고 있음을 느낀다. 창문 너머 지척이 길인데도 종일 자동차 소리 한번 듣지 않고 보낼 때도 있다. 마음속에 큰 장벽이 있어 그 소리도 접근하지 못했을 뿐이다.

섬이 바다에만 있겠는가. 사람들 사이에 섬이 있다는 시구절도 있지만 알고 보니 머물고 있는 곳이 절해絶海의 작은 섬이었다.

마음속
적은
누구인가

적은 항상 가까이 있다. 그 적들이 여기저기서 칼을 겨눈다. 갈라진 그들이 하나가 되기는 어려워 보이지만 또 언제 그랬냐는 듯이 미소를 짓고 만난다. 그것을 바라보는 사람들만 어이없을 뿐이다.

눈에 보이는 적보다 더 무서운 적은 누구인가?

바로 자신이다. 이도 저도 못하고 자신에게 관대하기만 한 나. 내가 나의 가장 무서운 적이다.

내 편이 아닌 사람은 적이다. 적이라는 것은 마음의 한 귀퉁이를 점령하고 있는 존재로서, 결국 저항하고 다스려야 할 부분이므로 그것은 마음속에 있다.

그런 의미에서 적의 존재는 내가 다스려야 할 마음의 어떤 부분을 가리키는 것이 된다. 나의 편도 아니고 적도 아닌 무관심한 사람들이야 말로 정말로 나에게 해로운 존재다. 엄밀한 의미에서 볼 때 적은 차라리 좋은 벗이라고 말할 수도 있다. 적은 좋은 자극제이기 때문이다.

> 가장 무서운 적은 나의 적도 나도 아닌 나에게 무관심한 사람이다.

—힐티 『행복론』 중에서

> 너 자신보다 질이 나쁜 적은 없다.

—키케로

> 너의 최대의 적은 너 이외는 없다.

—롱펠로우

> 싫어해야 할 적을 만들어라. 결코 경멸해야 할 적을 만들어서는 안 된다. 너는 너의 적에게 긍지를 지닐 수 있어야만 한다.

—니체 『차라투스트라는 이렇게 말했다』 중에서

원수를 사랑하라. 사랑해야 할 적을 가져라. 적은 나의 가장 좋은 친구이다. 말은 좋은데 그것을 실행하는 것이 어렵다.

> 우리는 무슨 적敵이든 적을 갖고 있다.
> 적에는 가벼운 적도 무거운 적도 없다.

지금의 적이 제일 무거운 것 같고 무서울 것 같지만
이 적이 없으면 또 다른 적
내일의 적은 오늘의 적보다 약弱할지 몰라도
오늘의 적도 내일의 적처럼 생각하면 되고
오늘의 적도 내일의 적처럼 생각하면 되고
오늘의 적으로 내일의 적을 쫓으면 되고
내일의 적으로 오늘의 적을 쫓을 수도 있다.
이래서 우리들은 태평으로 지낸다.

—김수영「적」

적이 있으므로 항상 긴장시할 수가 있고, 슬플 수도, 기쁠 수도, 분노할 수도 있다. 중요한 것은 적은 항상 아주 가까운 곳에 있다는 사실이다.

저마다 외로운 섬처럼

내 평생에 큰 병통이 있으니, 나 같이 세상 물정에 어둡고 처세에 졸렬한 자를 이해해주는 사람을 만나게 되면, 산수를 논하고 문장을 이야기하고 민풍요속에 이르기까지도 되풀이하고 담론하여서 그칠 줄 모르며 해학과 웃음을 섞어 가면서 흉금을 털어놓고 밤을 새우니, 남들은 내가 말을 잘하지 못하는 사람임을 알지 못한다. 만약 상대방과 취미가 서로 맞지 않아서 남이 말하는 것을 내가 알아듣지 못하고 내가 말하는 것을 남이 알아듣지 못한다면 비록 억지로 웃고 말하려 하여도 마음대로 되지 않는 것이다.

여기에서 무정하다는 비난을 받게 된다. 나를 알아주는 자에게는 다

말할 수 있지만 나를 몰라주는 사람에게는 말할 수 없다는 말이 실지에 맞는 표현이다. 매양 기운을 내어 사람들 속에 섞이려 애쓰지만 나이 30이 가깝도록 제대로 하지 못하니 한스럽다.

—이덕무 『이목구심서耳目口心書』 중에서

외향적이라는 사람들도 겉만 외향적이지 속은 내성적이라고 한다. 어떤 형태로든 존재를 드러내며 사는 사람들이 저마다 외로운 '섬'처럼 보일 때가 있다.

모든 것이 마음에서 비롯된다

불행의 원인은 늘 나 자신이다. 몸이 굽으니 그림자도 구부러진다. 어찌 그림자 구부러진 것을 탓할 것인가? 나 이외에는 아무도 나의 불행을 치료해줄 사람은 없다. 불행은 내 마음이 만드는 것이며, 내 마음만이 그것을 치료할 수 있다. 내 마음을 평화롭게 가지자. 그러면 그대의 표정도 평화로워질 것이다.

—파스칼 『팡세』 중에서

모든 것이 마음에서부터 비롯된다. 마음이 앞선 다음에야 몸이 따라간다. 잘 알면서도 마음을 정리하지 못해 괴로울 때가 있다.

| 마음이 거기 있지 않으면 보아도 보이지 않고, 들어도 듣지 않고, 먹어도 그 맛을 알지 못한다.

—『대학』 중에서

| 눈이 보이지 않은 것은 마음이 간청하지 않는다.

—네덜란드 격언

'마음부터 편하게 가지자' 하면서도 마음대로 조절되지 않는 것이 마음이다.

| '저 돼지는 내 것이다. 저 금은도 내 것이다'라고 말하는 것은 어리석은 사람의 생각이다. 자기 자신조차도 자기 것이 아닌데, 어떻게 돼지도 금은도 내 것이라고 할 수 있는가?

—석가

| 다른 사람의 마음속에 무슨 일이 일어나고 있는지를 몰라서 불행하게 되는 경우는 거의 없다. 그러나 자신의 마음의 움직임을 간과하는 자는 반드시 불행에 빠질 것이다.

—아우렐리우스

마음을 잘 다스리고 살아야 하는데 그게 참으로 어려운 일이다.

성실하게
산다는
것

만일 이것이 우리 자유정신의 인간들과 뗄 수 없는 관계를 가진 미덕이라고 한다면, 그렇다면 좋다. 우리의 모든 악의와 사랑으로써 이것을 행하고 우리에게 남겨진 우리의 이 유일한 미덕을 완성하는 데 전력을 다하도록 하자. 어쩌면 그 광채가 이 늙어빠진 문화와 그것의 무기력하고 침울한 진지함 위에 금빛의 우울한 조소와 같은 저녁 노을처럼 머물지도 모른다.

그리고 우리의 성실성이 언젠가는 지쳐서 한숨을 쉬고 사지를 늘어뜨리고 우리가 너무 가혹하게 군다고 생각할지도 모르며 마음 좋은 악덕처럼 모든 것을 보다 좋게 손쉽게 부드럽게 처리하고 싶어 하게 될지도 모른다.

그렇지만 엄격한 자세를 견지하도록 하자. (중략)

우리의 금지된 것에 대한 갈망, 우리의 대담한 용기, 우리의 수준 높고 까다로운 호기심, 탐욕스럽게 모든 미래의 영역들의 주변을 맴도는 우리의 가장 섬세하고 가장 은밀하고 가장 정신적인 힘에의 의지와 세계 초극에의 의지, 이 모든 우리의 악마들로 하여금 우리의 신을 돕도록 하자. (중략)

궁극적으로 우리는 우리 자신에 대해 무엇을 알고 있단 말인가? 우리를 인도하는 정신은 어떤 이름으로 불려 지기를 바랄 것인가? 그리고 우리는 우리 내부에서 얼마나 많은 정신들을 품고 있는가?

우리 자유정신의 소유자들이여. 우리의 성실성이 우리의 허영이나 장식이나 가식, 혹은 우리의 한계, 우리의 어리석음이 되지 않도록 주의하자. 모든 미덕은 어리석음이 되기 쉬운 법이다. 또한 모든 어리석음 역시 미덕이 되기 쉽다. '성스러울 만큼 어리석다'라는 러시아 속담도 있다. 성실함으로 인해 우리가 마침내 성자가 되거나 따분한 존재가 되지 않도록 주의하자. 백번을 산다 해도 따분하게 살기에는 인생의 시간은 너무 짧지 않은가? 그렇게 살려면 진실로 영생을 믿어야만할 것이다.

—니체『선악을 넘어서』중에서

어떻게 사는 것이 성실하게 사는 것인지, 어떻게 사는 것이 불성실하게 사는 것인지 그 경계가 짙은 안갯속처럼 애매모호하다. 분명한 것은 삶은 짧기 때문에 이렇게 저렇게 허송세월하며 보낼 시간이 없다는 것이다.

「동학」에서는 인간의 최대 덕목을 '말이 없고 어리숙하고 서툰 곳'에 두는데, 러시아 속담인 '성스러울 만큼 어리석다'도 어떤 면에서 같은 의미이다.

만물의 원리는 모두 내 마음에 갖추어져 있다. 마음을 반성하여 성실해지면 그것을 알 수 있다. 이것이 최대의 즐거움이다.
—맹자

'미덕'은 항상 멀기만 하다. 마음을 다스리며 사는 것은 진실로 쉬운 일이 아니다.

아는 것과 모르는 것

사람이 태어나서 살아가는 동안 무수한 것을 배우고 익히지만 '무엇을 제대로 아는가'를 반문해 보면 어느 것 하나 제대로 아는 것이 없다.
알고 있는 지식은 어떤 때는 가공할 힘을 발휘하지만 어떤 때는 무용지물이다.
지식을 플라톤은 다음과 같이 정의했다.

> 자, 모든 사람의 마음속에, 온갖 종류의 새장이 있다고 가정하자. 어떤 새들은 무리를 지어서 다른 새들로부터 이탈하며, 어떤 새들은 작은 무리를 이루고, 또 어떤 새들은 외로이 어디론지 마음대로

날기도 한다. 이 새들은 곧 지식知識이며, 우리들이 어렸을 때는, 이 새장은 텅 비었다고 가정할 수 있다. 그리고 인간이 이 우리 속에 어떤 종류의 지식을 넣고 보관해 두었다면, 그는 지식의 대상이 되는 것들을 배우거나 발견했다고 말할 수 있을 것이다. 이것이 곧 아는 것이다.

—플라톤 「대화편」 중에서

그렇다면 참다운 지식은 무엇일까?

인간의 지식은 물과 같아서, 어떤 것은 위로부터 내려오며, 또 어떤 것은 아래로부터 솟아난다. 전자는 자연의 빛에 의해서 불어넣어지며, 후자는 신神의 계시에 의해 고취된다.

—프랜시스 베이컨 『학문의 진보』 중에서

의무는 모든 사람들이 걸을 수 있는 길인 반면, 지식은 소수만이 오를 수 있는 가파른 비탈이다.

—w. 모리스

참다운 지식은 누구에게나 부여되지 않나 보다.
그런데도 한 줌도 안 되는 지식, 보잘것없는 지식을 지니고서 이렇게 저렇게 뽐내는 무리가 세상에 너무도 많다.

마음속 욕심

맹자가 말씀하시기를 마음을 기르는 데는 욕심을 적게 하는 것보다 더 좋은 방법이 없다. '적다'는 것은 '없다'는 것의 시작이다. 적게 하고 또 적게 하여 다시 적게 할 것이 없음에 이르면 마음은 비어서 신령하게 된다.

신령의 비춤이 명明이 되고, 명의 실상은 성誠이 된다. 성의 도道는 중中이 되고, 중의 발發은 화和가 된다. 중中하고 화和한 것은 공평함의 아버지며, 생生의 어머니다. 정성스럽고 정성스러워서, 안이 없고, 넓고 넓어서 바깥이 없다.

바깥이 있다는 것은 적음의 시작이다. 작아지고 작아져서 형기形氣에 얽매이게 되면 내가 있다는 것만 알고 남이 있다는 것을 알지 못하며, 남이 있음을 알고 도道가 있다는 것을 알지 못하게 된다. 물욕이 번갈아 덮여서 마음을 해치는 것이 많아지면 욕심을 적게 할 수 없게 된다. 하물며 욕심이 없어지기를 바라겠는가. 맹자의 말씀한 뜻이 심원深遠하구나.

—이지함 「욕심을 적게 하라는 설」 중에서

모든 불행은 욕심에서 비롯된다. 욕심을 조금만 버리면 행복한데 끝도 없는 욕심의 바다에서 허우적거린다.

마음은 본래 텅 빈 것이며, 지금 비로소 고요한 것이 아니다. 그런데 이 점을 잘못 이해하고 실제 존재하고 있는 것으로 착각하기 때문에 애증 등의 감정感情이 생기는 것이다. 감정은 각종 고통을 낳는 뿌리인데, 그러나 그것은 사실 꿈속에서 벌어지는 일과 같은 것들이다. 그러므로 사물이 본래 실체가 없다는 것을 깨달으려면 모름지기 무아無我의 상태, 곧 감정이 없는 상태로 돌아가야 할 것이다.

—『원각경대소초圓覺經大疏鈔』 중에서

돌아가야 하는데 출구는 찾을 수가 없고, 이도 저도 못하는 사람들…. 조금씩이나마 욕심을 버리고 살 수는 없을까.

차가운
꽃이
다만 잠깐
향기를
피운다

세 사람이 한 방에 있다가 두 사람이 서로 다투게 되면, 반드시 다투지 않는 사람에게 의뢰하여 피차의 옳고 그른 것을 판단하려고 한다. 그러나 그 다투지 않은 사람이 반드시 공평한 것이 아니고, 서로 다투는 자가 반드시 편파된 것도 아니다. 그런데 다투는 자의 마음은 모두 자기가 이긴다는 심정을 갖고 있기 때문이다.

—『유지劉了』 중에서

내가 세상을 살다가 보니 세상 사람들은 모든 일에 직면하여 오직 이기는 길을 찾기에만 힘쓴다. 그리하여 다만 서로 다투지 않는 자에게서 시비是非를 판단하기를 원하지 않을 뿐만 아니라, 도리어 다투지 않는 사람도 다투는 사람으로 보고 그를 믿지 않는다. 이것은 그 지혜가 말한, 같은 방에 있는 사람들만 못한 것이다. 그리하여 거의 다툼은 그칠 날이 없으니 어찌 슬프지 아니한가.

—이수광『지봉유설』중에서

사람이 사는 세상은 예나 지금이나 다름이 없나보다.
시새움과 다툼은 한 개인의 일생이나 역사를 진보시키는 힘이 되기도 하지만 결국 자기 영혼을 조금씩 갉아먹는다. 조그마한 다툼이 전염병이나 바이러스처럼 옆으로 번져 세상을 오염시키고 분열시키기 때문이다. 그러나 세상사와 인간사의 구조적 모순으로 다툼과 분열이 끊어질 수 없는 것 또한 사실이다.
멀리 내다보면 '잠깐 지는 것이 곧 이기는 것'이기도 한다. 하지만 대부분 사람들은 그것을 모르고 기어이 이기려고 기를 쓴다.

차가운 꽃이 다만 잠깐 향기를 피운다

—두보

위의 시 한 구절처럼 잠시 살다가 가는 우리의 생生을 생각하면 문득 사람들이 가여워진다.

도량이 넓다는 것은 매우 중요한 것으로, 이 세상에서 사람에게 품격을 주는 유일한 것이지. 여보게, 인간에게는 두 계급밖에는 없다네. 즉 도량이 넓은 인간과 그렇지 못한 인간 말일세. 나도 이제

웬만큼 나이가 들었으니 내 노선을 정해서, 좋아할 사람과 멸시할 사람을 결정짓고 좋아하는 사람들에게만 머물러서, 다른 사람들과 어울리며 낭비한 시간을 만회하기 위해서라도 죽을 때까지 그들 곁을 떠나서는 안 되겠다는 생각이 든다네. 운명은 이미 결정되었네…. 난 도량이 넓은 사람만을 사랑하고, 넓은 도량 속에만 살기로 결정했네.

—마르셀 프루스트『잃어버린 시간을 찾아서』중에서

되도록 작은 일은 '먼 산 바라보듯' 하며 도량 넓은 사람을 만나 기대며 살고 싶은 것은 누구나의 소망일 것이다.

누군가 말하는 당신의 모습

그의 모습은 그의 소설의 주요한 장면을 연상케 한다. 그를 한 번이라도 본 적이 있는 사람은 두 번 다시 잊을 수가 없다. 그의 모습은 얼마나 그의 작품을 표현하고 있었던 것일까. 왜소하고 여위고, 극도로 신경질적이고, 60년에 걸친 처참한 생애에 지치고 억압되어, 늙었다기보다는 오히려 색이 바랬다고 하는 편이 옳으리라. 수염은 길고 머리 빛은 바래서, 어디에서나 찾아볼 수 있는 불구不具의 노인과 같은 풍채를 하고 있었다.
그럼에도 불구하고 그는 여전히, 그 자신이 언젠가 말한 적이 있는 고양이와 같은 생명력生命力을 충만시키고 있었다.

그의 용모는 러시아의 농민, 모스크바 지방의 토박이 농부의 얼굴이었고, 생기 있는 표정을 가지고 있지만, 때로는 우울해 보이기도 하고, 때로는 온화해 보이기도 했다. 넓은 이마에는 여러 개의 주름살이 박히고, 이마 자체는 위로 치솟아 있었다. 그의 관자놀이는 망치로 두드려 넣은 듯이 우묵 들어가 있었다. 그리고 이렇게 화려한 섬광閃光을 지닌 특징은 모두 멜랑콜릭한 입가에까지 이르고 있었다.

나는 쌓이고 쌓인 고뇌가 인간의 얼굴 표정 위에 그토록 표현되고 있는 것을 아직껏 본 적이 없다. 정신과 육체의 위기가 속속들이 거기에 흔적을 남기고 있었다. 우리는 그의 용모 속에서, 그의 작품에서보다 더 선명히 「죽음의 집」의 기억이며, 공포와 의혹과 수난에 넘친 기나긴 시기를 읽어볼 수 있었다. 그의 눈꺼풀, 입술, 얼굴의 하나하나 근육은 신경성의 경련으로 바르르 떨렸다. 그가 이상理想을 토로하면서 생기 있는 표정을 하거나, 혹은 화를 내거나 하면, 사람들은 예전에 어디선가 이 얼굴을 본 적이 있다고 단언할 수 있었으리라.

비록 그것이 배심재판소陪審裁判所의 피고석에서 본 것이건, 아니면 감옥으로 통하는 길을 걷는 부랑자浮浪者들 사이에서 본 것이건 간에, 그러나 평상시의 그의 얼굴은 언제나 성화聖畵에 그려진 옛날 성인聖人들의 특징인 저 슬픔 어린 신비스러움을 띠고 있었다.

그가 구비하고 있는 것은 모두 민중에서 나온 것이었다. 그리고 러시아 농민에게서 흔히 볼 수 있는 무례함, 교활, 친절성이 말로는 형용하기 힘든 이상한 혼합을 보이고 있었다. 거기에는 뭐라고 정의를 내릴 수 없는 불안不安한 것이 있어서, 그것은 아마도 집중적인 두뇌노동이 빈민貧民과 같은 이 얼굴에 아로새긴 것이리라. 우선 처음에 곧잘 반발을 느끼게 했다.

그리고 그 후에야 비로소 그 특유의 개인적인 매력이 작동을 시작하는 것이었다.

—보규에

위 글은 프랑스의 작가로 『러시아의 소설』이란 작품을 펴낸 보규에가 대문호 도스토옙스키를 만나고 쓴 글이다. 도스토옙스키가 『카라마조프 가의 형제들』을 펴낸 뒤 생애의 마지막 이삼 년간을 보낼 적의 모습을 그리고 있다. 가장 정확하게 작가의 모습을 그렸다는 평을 받는다.

나이가 들면 자기가 살아온 만큼의 얼굴을 지니게 되는 것이 인간이다. 자신의 얼굴을 남들은 이렇게 저렇게 말할 수 있는데, 지금 얼굴을 다른 사람들은 어떤 형태로 기억하고 말할지 궁굼하다.

알 수 없이
왔다가
가는
세상

세상을 살아갈수록 모르는 것 투성이다. 알아도 몰라도 견디며 살아갈 수밖에 없는 생生이다.

인간의 마음은
우리가 알지 못하고 탐험할 엄두도 못 내는
또 하나의 우주

이상한 잿빛의 거리가
맥박 치는 인간의 마음을

우리의 창백한 지성으로부터 멀리한다.

먼저 간 사람들은 육지에 아직 닿지 않았다.
콩고나 아마존보다 더 어두운
충만과 욕구와 슬픔의 강이 흐르는
내부의 신비를
남자도 여자도 아는 이가 없다.

—D.H. 로렌스『인간의 마음』중에서

나온다. 운다. 그것이 인생이며, 하품한다, 간다, 그것이 죽음이다.

—오송드 상세유

그렇게 왔다가 가는데 우리는 무엇을 위해 살다가 무엇을 아쉬워하며 돌아가는지 알 수 없다.

깨끗한 흰 구름은 허공에 있었다가 사라졌다 하고, 잔잔히 흐르는 물은 큰 바다 복판으로 든다. 물은 굽거나 곧은 곳을 만나도 저것과 이것이 없으며, 구름은 스스로 잡고 스스로 풀어 친하거나 서먹하지 않다.
만물은 본래 고요하여 나는 푸르다 나는 누렇다고 말하지 않는데, 사람들이 스스로 시끄러이 이것이 좋다. 저것이 나쁘다고 마음을 낸다.
경계에 부딪쳐도 마음이 구름이나 물의 뜻과 같으면, 좋고 나쁨이 무엇을 좇아 일어나겠는가.

어리석은 사람은 경계만 잊으라 하면서 마음은 잊으려 하지 않고, 지혜로운 사람은 마음을 잊으려 함으로서 경계를 잊으려 하지 않는다. 마음을 잊으면 경계가 저절로 고요해지고 경계가 고요해지면 마음은 저절로 움직이지 않으니, 이것이 이른바 무심無心의 진종眞宗이니라.

—백운화상『백운화상어록』중에서

마음이 마음 안에서 고요해지고 적막해지는 그런 경지에 오른다는 것은, 세상의 이치를 다 깨달은 후에야 가능한 일일 것이다.
'남의 꿈속에 들어갈 수 없는 것'처럼 내 마음도 그렇지만 다른 사람의 마음 안에 있는 '참 마음을 발견한다'는 것은 쉽지 않은 일이다. 하지만 어려운 일일수록 시도해볼 필요가 있다는 옛 사람들의 말을 좇아서 마음이 가는 그 진솔하면서도 오묘한 길을 따라가다 보면 언젠가 그 마음의 정수에 도달하는 날이 올것이다.